Cet amant inoubliable

DANI COLLINS

Cet amant inoubliable

Traduction française de
ANNE-LAURE PRIEUR

AZUR

HARLEQUIN

Collection : Azur

Titre original :
A HIDDEN HEIR TO REDEEM HIM

HARPERCOLLINS FRANCE
83-85, boulevard Vincent-Auriol, 75646 PARIS CEDEX 13
Service Lectrices — Tél. : 01 45 82 47 47 - www.harlequin.fr
ISBN 978-2-2804-4821-5 — ISSN 0993-4448

Composé et édité par HarperCollins France. Achevé d'imprimer en janvier 2021.
par CPI Black Print - Barcelone - Espagne
Dépôt légal : février 2021.

FSC www.fsc.org MIXTE Papier issu de sources responsables FSC® C159065

Pour limiter l'empreinte environnementale de ses livres, HarperCollins France s'engage à n'utiliser que du papier fabriqué à partir de bois provenant de forêts gérées durablement et de manière responsable.

1.

Valentino Casale s'interdisait depuis longtemps d'éprouver la moindre émotion. Son chauffeur faisait de son mieux, bien sûr. Mais les rues embouteillées d'Athènes lui tapaient sur les nerfs. À moins que ce ne soit son retour en Grèce. Enfant, il vivait comme une punition le fait d'y être envoyé. Cela n'avait pas changé. Entre la fortune de son père et les prétentions de sa mère, il se faisait l'effet d'être pris entre le marteau et l'enclume.

Non, cette visite à Athènes ne le réjouissait pas. *Plus jamais*, se promit-il sombrement. Au moins, il n'aurait plus à affronter son père. C'était déjà cela.

D'autres auraient été en deuil ou y auraient vu une page qui se tourne. Mais à l'annonce de la mort de Nikolai Mylonas, deux jours plus tôt, Val n'avait rien ressenti. Pas même du soulagement. Son père serait incinéré, puis ses cendres enterrées sur son île privée. Aucun service n'était prévu. Qui y aurait assisté ? Certainement pas ses deux fils ni leurs mères respectives, convoqués à la place à la lecture de son testament.

Vingt ans plus tôt, Val avait rejeté la fortune de son père. Il s'était construit seul à la sueur de son front. Devenu riche, il avait doté sa mère d'une rente généreuse dans l'espoir de la détourner de l'argent de Niko. Sans succès. Elle avait continué à encaisser les chèques occasionnels de son ex-amant et demeurait intraitable sur la question :

l'intégralité de sa fortune revenait de droit à son fils. À tout le moins la moitié, si *vraiment* le partage était inévitable.

Val, quant à lui, ne voulait rien du tout, ainsi qu'il l'avait répété au notaire de son père quand ce dernier l'avait contacté. Si refuser l'héritage était impossible, il le céderait à sa mère. Quoi qu'il en soit, aucun bien ne serait débloqué sans la présence de chaque partie, ainsi que l'exigeait une clause du testament. Même de l'au-delà, le patriarche continuait à les manipuler. Le nom d'Evelina étant mentionné, Val avait tout intérêt à être présent, avait insisté le notaire.

Evelina Casale, en effet, était obsédée par la fortune de Niko. Elle ne songeait qu'à la somme qu'elle recevrait comparée à celle dont hériterait l'ex-femme de Niko, Paloma. Si cette dernière touchait ne serait-ce qu'un euro de plus, Val se verrait sans doute contraint de provoquer son demi-frère en duel. Ce qui ne serait pas pour lui déplaire…

— Stop. Arrêtez-moi ici, intima-t-il à son chauffeur comme ils passaient devant une galerie d'art.

Alors qu'il descendait de voiture, son portable vibra. Un message de sa mère. Elle était arrivée au cabinet du notaire. Eh bien, elle attendrait. Les autres aussi.

Mû par l'habitude, il traversa la rue. Depuis trois ans, il entrait dans chaque galerie d'art qu'il apercevait, quel que soit son emploi du temps. Une curiosité perverse le poussait à y chercher sa silhouette nue, qu'à sa grande déception il ne trouvait jamais.

Pour ce qui était d'embarrasser son père avec des photos dévêtues, c'était fait depuis longtemps. Dans ses grandes heures, il avait été mannequin pour des sous-vêtements si moulants qu'il aurait aussi bien pu être nu. Aujourd'hui, un artiste inconnu profitant de sa notoriété en diffusant des représentations « artistiques » de son postérieur ne ferait que nourrir sa vanité. Un défaut dont, du reste, il ne se cachait pas.

Hélas, sa quête se solda une fois de plus par un échec.

Étrange… Personne n'avait jamais hésité à se servir de lui. Val lui-même avait éhontément donné son accord à l'exploitation de son image. Mais une certaine artiste sans le sou semblait ne pas avoir saisi cette chance de percer. Ces trois dernières années, il n'avait vu nulle part d'œuvres ressemblant à son travail, au point que le doute avait commencé à le tarauder. Et s'il lui était arrivé malheur ?

Le plus étrange était peut-être qu'il s'en inquiète. À la mort de son propre père, il avait repris son match de tennis à peine la nouvelle annoncée.

Mais il y avait quelque chose chez cette jeune artiste… Quelque chose de différent. Une certaine ingénuité derrière l'esprit d'indépendance. Elle exprimait volontiers ses opinions tout en s'intéressant aux siennes, n'hésitait pas à défier ses positions, sans se fermer à la critique. Elle n'avait rien accepté de lui. Pas même l'argent qu'il lui avait laissé en dédommagement du croquis arraché à son cahier à dessin.

Son portable vibra de nouveau. Sa mère s'inquiétait de voir Paloma et Javiero arriver avant lui. Val ne répondit pas. Comme s'il allait se presser pour *eux*. Au contraire, il prit son temps, déambulant d'un paysage à l'autre, d'une toile abstraite à une nature morte, en passant par divers portraits de chats. Une vue depuis une fenêtre présentait une vague similitude avec l'esquisse accrochée dans sa chambre. Mais l'exécution en était plus brouillonne et la signature ne comportait pas la lettre K recherchée.

Un de ces jours, il irait en Irlande, au cas où sa nudité ornerait les murs des galeries de là-bas. D'ici là…

Son humeur s'assombrit comme il quittait les lieux pour se diriger vers l'imposante tour Mylonas. Il n'y avait plus remis les pieds depuis… Eh bien, depuis qu'il s'était envolé pour Venise, trois ans plus tôt, en apprenant que le rival de son père y séjournait.

Cet infortuné mariage aurait-il eu lieu s'il était rentré à l'hôtel après la première entrevue ? S'il y avait retrouvé sa petite artiste d'une nuit, au lieu d'un lit vide et de sa liasse de billets toujours sur la table de chevet ?

Sa candeur avait été rafraîchissante, tout comme son désintérêt pour sa fortune et son statut. Il s'était senti totalement à l'aise pendant qu'elle le dessinait. En sécurité, même. Cela pouvait paraître absurde, de la part d'un homme dans sa position. Mais le fait est qu'il avait apprécié de pouvoir baisser sa garde avec elle.

Ce n'est que bien plus tard qu'il l'avait compris. Aujourd'hui encore, il regrettait de l'avoir quittée, ce matin-là. La jeune femme en avait profité pour se volatiliser sans laisser de trace, d'autant plus facilement qu'il ignorait son nom de famille. Ses priorités, alors, étaient ailleurs. Face à l'ultimatum de son père, il avait préféré se focaliser sur son plan afin de s'affranchir de Niko une bonne fois pour toutes.

C'était la dernière fois qu'il avait laissé ses émotions dicter sa conduite. Ce mariage hâtif, loin d'être une victoire, l'avait condamné à une existence morne privée de sexe, auprès d'une femme aux centres d'intérêt radicalement différents des siens. Leur divorce enfin finalisé, il allait pouvoir tourner la page sur cette sordide erreur, la dernière en date d'une longue série.

— Je t'en prie, prends ton temps.

Il avait à peine passé la porte tambour que sa mère était déjà sur son dos. Elle l'examina d'un œil critique.

— Cela t'aurait tué d'enfiler un costume ?

— Je ne porte un costume qu'aux rendez-vous importants, répondit-il avec désinvolture.

Evelina pinça les lèvres en une moue réprobatrice. À cinquante-huit ans, elle était quasi aussi grande que lui et affichait toujours une taille de guêpe. Bien sûr, quiconque osait lui donner plus de cinquante ans s'exposait à ses foudres. Ce qui impliquait qu'elle serait tombée enceinte à dix-huit ans, âge auquel elle ornait la couverture de divers magazines en maillot de bain. Mais quand il était question de calculs, Evelina préférait compter les calories ou les euros.

— Bonjour, monsieur Casale. Je suis Nigel, se présenta l'un des subordonnés de son père. Si vous voulez bien me suivre jusqu'à la salle de réunion…

Il désigna d'un geste les ascenseurs. Val se retourna… et manqua chanceler sous le choc.

Au mur derrière le comptoir de la sécurité était suspendue une large peinture à l'huile.

— D'où vient cette toile ? questionna-t-il avec brusquerie.

Elle n'était pas là, trois ans plus tôt. Le paysage marin encadré par une fenêtre ne lui disait rien, mais devait se situer quelque part en Grèce. Un subtil mélange de couleurs y apportait texture et profondeur. La composition, en revanche, lui était familière. Le rideau soulevé par la brise lui rappelait un certain drapé au fusain, celui d'une chemise sur un dossier de chaise. La toile était si évocatrice d'*elle*… Comme si elle se tenait là, près de lui, et lui murmurait à l'oreille : *Je suis bien ici, mais les éléments m'appellent.* Cette toile était une porte dans sa vie, vers un nouveau monde empli d'incertitudes, mais aussi d'infinies possibilités.

— Monsieur, vous n'êtes pas autorisé à venir ici !

Val dépassa le garde sans lui prêter attention et déchiffra la signature au bas du tableau. *Kiara.* Un frisson fébrile lui remonta l'échine.

— Où avez-vous eu cela ? Je veux parler à l'artiste.

Pourquoi ? Il l'ignorait. Quand le garde haussa les épaules d'un air perplexe, il eut envie de lui coller son poing dans la figure.

— Hum… Monsieur ?

Nigel paraissait tout aussi dérouté.

— Mlle O'Neill nous attend. Elle est arrivée il y a dix minutes.

— Pour la lecture du testament de mon père ?

Un filet de sueur glacée coula entre ses omoplates. Il avait la tête vide, tout à coup, tous ses muscles tendus à l'extrême.

— Qui est-ce ? demanda sa mère derrière lui.

Val laissa échapper un rire amer.

— Quelqu'un qui travaillait pour papa.

Comment avait-il pu passer à côté de cela ? Oh ! c'était simple. Il s'était laissé aveugler par sa libido. Quel imbécile !

— Emmenez-moi à elle. J'ai hâte de la rencontrer.

Kiara O'Neill devinait que Davin, le notaire de Niko, essayait de la mettre à l'aise avec son bavardage incessant. En vain. Ils s'étaient croisés à plusieurs reprises, ces trois dernières années. Il l'avait même invitée à dîner plus d'une fois. Mais ses priorités restaient sa fille et son art, dans cet ordre. Et pour se changer les idées, rien de tel qu'une soirée comédie romantique avec Scarlett, sa meilleure amie. Un homme n'avait pas sa place dans cette petite routine bien huilée. D'ailleurs, le dernier qu'elle avait connu l'avait mise enceinte.

Et il allait entrer d'un instant à l'autre.

Ses mains étaient moites, son estomac noué. Elle se sentait oppressée dans sa veste kimono et sa robe de soie jaune resserrée à la taille par une ceinture. Une tenue chic censée lui donner de l'assurance. Elle, la féministe qui n'hésitait pas à envoyer paître les hommes, se tordait nerveusement les mains telle une adolescente à son bal de promo. Le plus beau garçon du lycée allait arriver, et elle ne savait si elle voulait qu'il la remarque ou non.

N'aurait-elle pas dû se coiffer autrement ? Se lisser les cheveux, peut-être ? Et se maquiller plus. Non, moins, histoire de ne pas paraître trop apprêtée. Niko aimait qu'elle parle et s'habille d'une certaine façon. Elle avait toujours obéi, n'ayant guère d'autre choix. Mais ce n'était pas *elle*. Au fond, elle restait cette orpheline métisse du quartier le plus malfamé de Cork. Scarlett assurait qu'elle était avant tout une artiste et une mère. Kiara, elle, doutait de sa légitimité, dans un rôle comme dans l'autre.

Cet homme, pourtant… Val Casale. Il avait semblé accorder un mérite sincère à son travail. Face à ses protestations gênées, il avait souri.

— Tu n'as vraiment aucune idée de qui je suis, n'est-ce pas ?

Non, elle ne savait pas. Ce n'est que plus tard qu'elle avait appris son identité. Aujourd'hui, son ignorance se retournait contre elle.

Une boule lui serrait la gorge. Sa panique grandissait de seconde en seconde. Prise de vertige, elle s'obligea à respirer calmement. Ce n'était pas le moment de tomber dans les pommes. Il ne manquerait plus que Val la trouve évanouie par terre en arrivant !

Bon sang, que fabriquait Scarlett ? Cela faisait une éternité qu'elle était partie aux toilettes ! Mais trop tard pour lui envoyer un texto. Elle avait déjà éteint et rangé son portable. Le ressortir maintenant serait impoli. Scarlett était enceinte jusqu'aux yeux. Rien d'étonnant à ce qu'elle passe du temps aux toilettes. Mais tout de même… Était-elle tombée sur les autres en sortant ? Val avait-il déjà appris la nouvelle et fait demi-tour sans lui laisser une chance de s'expliquer ? Vu ce qu'elle avait appris sur lui, c'était peut-être mieux ainsi. Alors pourquoi son cœur se serrait-il à cette idée ?

Interrompant ses spéculations, la porte s'ouvrit. L'air se chargea aussitôt de tension à l'entrée des trois personnes.

— *Signor* et *signora* Casale, annonça Nigel.

Sa tablette émit un son d'alerte.

— Les autres sont également arrivés. Je reviens dans un instant.

Il s'éclipsa en refermant la porte derrière lui.

— Davin.

La mère de Val, Evelina, apparaissait aussi froide et

hautaine que l'unique fois où Kiara lui avait parlé, trois ans plus tôt. Du haut de son mètre quatre-vingts, c'était une femme séduisante, d'une beauté vaporeuse avec son teint diaphane et sa chevelure brune traversée de reflets. Collier, bagues, boucles d'oreilles… Une cascade de bijoux tous plus étincelants les uns que les autres accessoirisait sa tenue de créateur.

Elle salua Davin en embrassant l'air près de sa joue.

— Evelina, quel plaisir de vous revoir, énonça poliment ce dernier.

Il désigna Kiara.

— Voici Kiara O'Neill.

— Un verre d'eau suffira, pour l'instant, dit Evelina sans lui accorder le moindre regard.

Kiara se serait offusquée de l'insulte si la vue de Valentino Casale ne l'avait pas laissée sans voix. En l'espace d'une fraction de seconde, elle passa par toutes les émotions possibles.

Val ne s'était pas donné la peine de mettre un costume. Son jean troué et sa chemise noire ouverte au col épousaient une silhouette aussi athlétique que dans son souvenir. Il arborait les mêmes cheveux décoiffés, la même barbe de trois jours. Quant à son regard perçant, il la déstabilisait toujours autant. Ses yeux bleu-gris étaient comme deux flèches fichées en elle.

Peur et excitation se disputaient en elle. La première lui soufflait de prendre la fuite. La seconde, de se jeter dans ses bras. D'autres sentiments complexes s'y entremêlaient. Culpabilité. Ressentiment. Une certaine forme de soulagement aussi. Depuis qu'elle avait accepté l'offre de Niko, elle redoutait ce jour autant qu'elle l'attendait. Enfin, elle allait affronter Val au sujet de leur fille ! Mais si elle s'était préparée aux conséquences de ce face-à-face, elle avait sous-estimé l'effet de Val sur elle.

Son attirance pour lui n'avait pas diminué d'un pouce.

Quoi d'étonnant à cela ? La première fois qu'elle l'avait vu, elle avait été immédiatement captivée. Le temps s'était figé autour d'elle. Des étincelles crépitaient sous sa peau tandis qu'elle caressait au fusain les lignes de son visage.

La même foudre venait de s'abattre sur elle, à l'instant. Non, c'était plus fort – et indéniablement sexuel. Au-delà de la compulsion de l'étudier et de le recréer sur papier bouillonnait un désir viscéral de contact. Elle avait envie de le toucher. De presser son corps contre le sien et de s'abandonner au feu qu'il allumait en elle. Elle avait envie de sentir ses larges mains dévaler son dos nu pour venir étreindre ses hanches. Sa température interne grimpa en flèche. Le seul fait d'être dans la même pièce que lui excitait son désir, car elle savait ce que c'était de faire l'amour avec lui. Ce qu'il lui faisait ressentir. Entre ses bras, elle devenait une tigresse, sexy et sauvage, et elle adorait cela.

Ce qu'elle avait sous-estimé aussi était le lien invisible qui s'était créé entre eux à travers leur fille. Après deux ans de cohabitation avec son père, elle en savait beaucoup plus sur Val Casale. Pourtant, il demeurait un inconnu. Son béguin né d'une agréable aventure d'un soir s'était peu à peu mué en une véritable fascination pour cet homme qui avait chamboulé sa vie. Et même s'il s'était éclipsé comme un voleur, en lui faisant l'affront de la payer de surcroît, tout son être se languissait de retrouver l'hédoniste charmeur rencontré cette nuit-là.

Mais son sourire indolent s'était envolé. L'hostilité de Val transparaissait dans son regard, empreint de mépris. Presque accusateur. Était-il au courant pour leur enfant ? L'estomac de Kiara se noua. Les premiers mots de Niko à propos de son fils résonnaient encore dans sa tête.

« Val est un salaud, mademoiselle O'Neill. Il s'enorgueillit de l'étiquette et ne manque jamais une occasion de la mériter. »

Niko avait par la suite usé de qualificatifs tous plus

dépréciatifs les uns que les autres pour le décrire : rebelle, irrespectueux, agressif, vindicatif, fauteur de trouble. Un portrait très éloigné de l'homme qu'elle avait entraperçu. Mais elle n'avait pas osé contredire son bienfaiteur. Le fait est que, par colère contre son père, Val était allé jusqu'à rejeter sa fortune et épouser une femme qu'il n'aimait pas. De quoi dissuader quiconque de s'attirer ses foudres.

Niko lui avait offert sa protection contre Val de son vivant. Mais Niko n'était plus là. Kiara devrait se débrouiller seule, désormais.

Davin rompit le silence en posant d'un geste sec le pichet sur la table. Evelina ignora le verre d'eau qu'il lui tendait. Son regard passa de lui à Kiara.

— Vous vous connaissez ? demanda-t-elle.

Une nouvelle bouffée de panique envahit Kiara. Elle regarda furtivement vers la porte. Bon sang, où était passée Scarlett ?

— Que fais-tu ici, Kiara ?

La voix de Val, bien que cassante, n'avait rien perdu de ce velouté qui vous enveloppait telle une chaude couverture. Kiara échangea un regard avec Davin.

— Nous ne discuterons de l'héritage qu'en présence de tout le monde, déclara le notaire.

Son ébauche de sourire s'évanouit lorsqu'il croisa le regard assassin d'Evelina.

— Ne me dites pas que cette... *personne*... a droit à une part des biens de Niko ?

Elle promena les yeux sur les courbes plantureuses de Kiara que moulait sa robe jaune. Une grimace de dégoût déforma ses lèvres.

— Pas exactement, intervint Kiara, la gorge sèche. Si vous voulez bien m'excuser, je vais voir ce qui retient Scarlett...

Et peut-être se terrerait-elle avec son amie aux toilettes. Mais elle n'avait pas fait un pas que la porte s'ouvrait à la volée.

— Désolé, bredouilla Nigel. Il y a eu un imprévu. Mlle Walker a dû être transportée d'urgence à l'hôpital...

— Quoi ? Que s'est-il passé ? s'écria Kiara, affolée.

— Elle a perdu les eaux, expliqua Nigel. *Señor* Rodriguez est avec elle. Sa mère a préféré partir. Étant donné le rôle prépondérant de Mlle Walker dans cette entrevue...

Il évita le regard d'Evelina pour se tourner vers Kiara.

— Elle m'a dit de vous dire de terminer ce que vous aviez à faire ici et de l'appeler dès que possible.

Évidemment. C'était tout Scarlett de faire passer les autres avant elle-même.

— Je vous laisse en privé, conclut Nigel avant de disparaître à la hâte.

Evelina se tourna telle une furie vers Davin.

— Ne me dites pas qu'une vulgaire aventurière va avoir l'enfant du fils de Paloma et que ce sont *eux* qui héritent de tout l'argent de Niko !

Des larmes de rage brillaient dans ses yeux. Val, de son côté, émit un rire sardonique.

— Touché, Javiero.

— Hum, non. Pas *tout* l'argent, précisa Davin dans un effort pour apaiser Evelina.

Il glissa un regard à Kiara.

— Peut-être devrions-nous nous asseoir ?

— Je préfère rester debout, répondit Kiara.

Elle se raccrocha néanmoins à la chaise la plus proche, prise de vertige. Tout allait si vite ! Elle s'inquiétait pour sa meilleure amie. Et voilà que le grand moment de vérité arrivait au milieu de ce chaos ! Cela faisait beaucoup d'un coup. Elle leva la tête et croisa le regard d'acier de Val. Soudain, la lumière se fit dans son esprit. Elle le lut dans ses yeux.

— Calme-toi, maman.

Kiara avait la gorge trop nouée pour parler. Mais elle n'eut pas à le faire. Val la devança d'une voix devenue létale :

— Cette aventurière-là nous a aussi pondu un héritier.

— Monsieur !

Val ignora le rappel à l'ordre du notaire, sonné par le choc. Il se sentait trahi. Kiara s'était présentée à lui comme une artiste sans le sou, sensuelle et pleine d'autodérision. Il découvrait aujourd'hui son cœur de pierre. Comment avait-il pu tomber dans le panneau ?

Il avait cru à une rencontre fortuite. Un de ces heureux hasards de la vie, qui lui avait offert un rare et précieux moment de liberté. S'il n'y avait pas eu de secrets échangés, il n'y avait eu aucun mensonge non plus. Sa mystérieuse amante n'avait cessé de le hanter depuis.

Et tout cela n'avait été qu'un guet-apens !

Plus qu'Ève la tentatrice, elle était le serpent lui-même. Elle s'était insinuée entre ses défenses pour mieux frapper quand il s'y attendait le moins. Quel idiot ! La vengeance est un plat qui se mange froid, disait le proverbe. Son père, bien sûr, avait planifié sur le long terme. Comment s'y étaient-ils pris ? Travaillait-elle déjà pour Niko quand il l'avait rencontrée ? L'avait-il engagée pour le séduire et tomber enceinte de lui ? Un sacré coup de poker… Les chances étaient minces de réussir du premier coup, grâce à une déchirure providentielle d'un des préservatifs.

— Vous avez un enfant ?

Sa mère porta une main pâle à sa gorge ornée de diamants.

— Oui, confirma Kiara.

Ses cheveux étaient plus longs, séparés par une raie sur le côté, nota Val. Les boucles brun doré étaient si fines que chaque mèche semblait avoir été enroulée autour d'un fin crayon. Ensemble, elles formaient un halo sauvage accentuant ses hautes pommettes et l'ovale délicat de son visage. Ses yeux étaient deux puits d'ébène, sa bouche charnue peinte en rouge brique. Avait-elle pris des cours d'élocution ? Ou son accent irlandais, cette nuit-là, n'avait-il été qu'une ruse pour parfaire son image de globe-trotteuse inoffensive ?

Ce qui n'avait pas changé, en revanche, était ses courbes

affolantes, drapées dans des vêtements de bien meilleure qualité que la dernière fois qu'il l'avait vue. Avec ses talons hauts, elle paraissait plus grande que dans son souvenir. Une large ceinture soulignait sa poitrine saillante, ainsi que l'arrondi voluptueux de ses hanches et de ses fesses.

Des images érotiques surgirent dans sa mémoire. Le sexe était le sexe, se rappela-t-il. Un passe-temps agréable que l'on savourait tel un bon dessert. Pas une arme que l'on retournait contre son partenaire, comme Kiara l'avait fait sur ordre de son père. Qu'elle aille au diable !

— Au vu de la tournure des événements, je propose que nous allions droit au but, intervint le notaire. Ses deux fils ayant renoncé à leur héritage, Nikolai lègue l'essentiel de sa fortune à ses petits-enfants. Nous espérons, bien sûr, que l'accouchement de Mlle Walker se passe bien. Les deux héritiers se partageront à parts égales les biens leur revenant. Evelina et Paloma, quant à elles, se verront attribuer la somme d'un million d'euros.

Davin fit glisser un chèque sur la table en direction de la mère de Val.

— Chacune, précisa-t-il.

— Un million ? C'est une plaisanterie ! s'exclama Evelina.

— Il va falloir te montrer plus aimable avec Kiara, lança Val, sensible à l'ironie de la situation. Commence par ne pas la reléguer au rang de domestique juste bonne à te servir à boire.

— Il doit y avoir une erreur…

Evelina rejoignit Davin et exigea de consulter elle-même le document. Val, lui, s'approcha de Kiara.

— Tu comprends ce que cela veut dire, n'est-ce pas ? Elle ne te laissera aucun répit, la prévint-il en désignant sa mère du menton. Au fait, je croyais que tu prenais la pilule ?

Une ombre de culpabilité passa dans les yeux de la jeune femme.

— Une pilule faiblement dosée pour réguler mon cycle,

répondit-elle, sur la défensive. Cette nuit-là, j'ai oublié de la prendre. Aucun moyen de contraception n'est sûr à cent pour cent.

— Tu veux dire que mon père ne t'a pas payée pour me séduire et tomber enceinte de moi ?

Elle recula d'un pas comme s'il l'avait insultée.

— Et déchirer moi-même le préservatif ? Tu n'es pas sérieux…

— Si tu connaissais assez mon père pour lui soutirer la moitié de sa fortune, tu devrais le savoir capable de tout, répliqua Val.

Si quelqu'un devait se sentir insulté, c'étaient sa mère et Paloma, à qui Niko accordait une vulgaire aumône pour mieux enrichir les mères de ses petits-enfants. Un geste étonnant de sa part. Niko n'avait jamais été du genre sentimental.

— As-tu couché avec lui ? demanda-t-il.

— Non ! Comment oses-tu insinuer une chose pareille ? C'est ignoble !

— Plus qu'utiliser son propre enfant pour mettre le grappin sur une coquette somme ?

La jeune femme leva le menton en signe de défi.

Oh ! défi accepté, *tesoro*. Pourquoi sa trahison l'affectait-elle autant ? Il l'ignorait. Cette émotivité ne lui ressemblait pas.

— Tu as prétendu ne pas savoir qui j'étais, l'accusa-t-il.

Une ignorance qui avait contribué à son charme.

— Tu as volontairement omis de prendre ta pilule dans l'espoir de toucher le gros lot, n'est-ce pas ? Crois-moi, tu le regretteras.

— Regretter d'avoir eu ma fille ? J'en doute, rétorqua-t-elle. Elle a un nom, je te signale. Aimerais-tu le connaître ?

— Non.

Il aurait pu s'en aller, alors. Avoir le dernier mot et partir en vainqueur était sa marque de fabrique. Mais quelque chose le retint. Il resta là, à attendre la prochaine attaque de Kiara. Pour une raison inexplicable, il se délectait de leur joute verbale. De cette féroce alchimie entre eux. Comment pouvait-elle garder une telle emprise sur lui, maintenant qu'il connaissait son vrai visage ? Celui d'une femme vénale et sans scrupule ?

— Niko devait te donner de l'argent pour t'en occuper, cracha Evelina depuis l'autre bout de la pièce. Il m'a assuré que tout était réglé.

Val fit volte-face, abasourdi. Il ne s'était pas attendu à un tel coup bas.

— Tu étais au courant ? s'exclama-t-il.

— Toi, non ? intervint Kiara, la confusion peinte sur ses traits.

— Je savais qu'elle prétendait porter ton enfant. J'ignorais qu'elle l'avait mis au monde, siffla Evelina en fusillant Kiara du regard.

— Niko m'a bien donné de l'argent, répondit Kiara avec dignité. Pour m'occuper de ma fille.

Evelina pinça les lèvres, furieuse d'avoir été jouée. Val aurait savouré le sel de la situation, si elle n'impliquait pas la trahison de sa propre mère.

— Tu savais qu'elle était enceinte et tu ne m'as rien dit ?

Evelina adopta ce ton conciliant dont elle usait pour l'amadouer.

— Tu étais en lune de miel. Tu n'avais pas besoin de ce genre de scandale.

— Tu veux dire, comme ceux au milieu desquels j'ai grandi ?

Val mettait un point d'honneur à ne jamais perdre son sang-froid. À quand remontait la dernière fois qu'il avait vu rouge ? Sa dernière visite dans ces maudits bureaux ? À croire que quelque chose entre ces murs attisait sa rage. Un relent fétide de jalousie et d'égoïsme, peut-être.

— Tu *adores* les scandales. Accuser Niko de mes moindres défauts est ton sport favori. Ma pauvre mère, tu es tombée bien bas…

Il eut un rire jaune, conscient de la vraie raison pour laquelle elle avait préféré que l'enfant ne voie jamais le jour.

— Ou devrais-je t'appeler *nonna* ? À moins que tu ne préfères mamie ?

— N'y songe même pas, siffla Evelina, tremblante d'indignation.

— Je vais me gêner ! C'est ta précieuse vanité qui l'a envoyée à *lui* !

Il désigna Kiara, puis le dossier représentant la fortune de son père, raison et fléau de son existence.

C'était toute l'histoire de son enfance qui se répétait sous ses yeux. Combien de fois ce qui lui tenait à cœur, ce qui n'aurait dû être qu'à lui, s'était retrouvé sacrifié dans la guerre opposant ses parents à l'ex-femme de son père, Paloma, et son fils ? Jamais ses besoins et ses aspirations n'entraient en ligne de compte. Ce qu'il voulait n'avait aucune importance. Et Kiara s'était rendue complice de tout cela.

— Pourquoi en avoir parlé à ma mère plutôt qu'à moi ? l'interrogea-t-il sèchement.

Un éclair coupable traversa ses yeux sombres. Mais lorsqu'elle répondit, ce fut avec une ironie mordante :

— C'est vrai. Peut-être aurais-je dû laisser un message à ta femme ?

Belle pirouette, mais cela ne prenait pas.

— Je suis divorcé depuis un an. Tu avais le temps.

— Le moment était mal choisi. Niko était malade, il avait besoin de nous à ses côtés…

— Tu veux dire que tu vivais avec lui tout ce temps ?

Val n'en croyait pas ses oreilles. Kiara se mordit la lèvre avec l'air d'éprouver du remords. À d'autres ! Il n'était pas dupe de son petit manège. Qu'avait-elle à regretter puisqu'elle venait de décrocher la timbale ?

Pars d'ici. Tout de suite.

— Il pensait que, si tu étais au courant pour Aurelia, tu me forcerais à déménager et quitter l'île, expliqua-t-elle.

Aurelia. C'était le nom de la villa vénitienne où ils avaient fait l'amour, cette nuit-là. Et où sa fille avait été conçue, découvrait-il.

Chaque matin, le croquis de Kiara sur le mur de sa chambre le ramenait dans ce lit, assis derrière elle au milieu des draps froissés. Pendant qu'elle esquissait la vue depuis la porte-fenêtre ouverte, il parsemait ses épaules nues de baisers, les mains sur ses seins dont les pointes se hérissaient contre ses paumes. Il serra la mâchoire. Qu'elle ait donné le nom de cette villa à leur enfant ne signifiait rien. Ce n'était qu'une ruse de plus pour le manipuler. Depuis quand se laissait-il aller au sentimentalisme ?

La jeune femme se tourna vers sa mère.

— Niko ne voulait pas que vous ou Paloma appreniez ma grossesse et celle de Scarlett. Il était en phase terminale, trop faible pour supporter un nouveau conflit. Nous avons respecté sa volonté.

Comme c'est touchant, pensa Val avec ironie. Mais, lui cacher l'existence de sa fille pendant trois ans ? Jamais il ne le lui pardonnerait.

— Cette discussion n'a pas lieu d'être sans un test ADN, décréta Evelina tout en s'emparant discrètement du chèque sur la table. Niko ne peut pas avoir déshérité son fils au profit d'une gamine que personne n'a jamais vue. Nous contesterons le testament.

— Il existe déjà un test ADN prouvant qu'Aurelia est bien la descendante de Niko, interféra Davin. Son échantillon a été croisé avec le test établissant la paternité de M. Casale. Niko était en pleine possession de ses moyens, je peux en attester.

Val n'avait pas besoin d'un nouveau test. Il n'était pas assez naïf pour croire Kiara sur parole. Mais il faisait confiance à son père pour avoir procédé aux vérifications nécessaires. D'ailleurs, quelle importance ? Ce qui l'ulcérait était que Niko ait eu le dernier mot. Val ne voulait pas d'enfants, l'une des raisons de l'échec de son mariage. Il ne voulait pas non plus de l'argent de son père. Pourquoi devrait-il endosser ses responsabilités envers cette enfant ? Avec ce maudit héritage en jeu, son chemin serait amené à recroiser celui de Javiero. Sans oublier sa mère, qui le harcèlerait pour obtenir sa part du gâteau…

Très peu pour lui. Rien ne le retenait plus longtemps. Kiara avait désormais les moyens de subvenir aux besoins de sa fille. Qu'elle se débrouille avec Evelina. D'une pierre deux coups !

Alors pourquoi restait-il planté là à fulminer ? Une rage sourde bouillonnait dans ses veines. Cette répétition grotesque de l'histoire le mettait hors de lui. Pendant qu'il était marié à Tina, Kiara avait eu son enfant, condamnant une innocente à l'étiquette qu'il avait portée comme un fardeau avant d'être assez grand pour faire en sorte de mériter toutes les insultes qu'il recevait.

Non. Peut-être n'était-il pas l'homme le plus intègre au monde. Mais il avait assez de décence pour arracher une enfant à un environnement toxique avant qu'elle n'en garde des séquelles permanentes.

— Refuse l'héritage, dit-il à Kiara. Ma fille héritera de *ma* fortune, pas de la sienne.

La jeune femme haussa un sourcil.

— Il y a quelques minutes, tu ne voulais même pas connaître son nom…

— Elle portera le mien, décréta-t-il. Toi et moi allons nous marier. Aujourd'hui même.

2.

— Calme-toi, Val. Nous n'en sommes pas là, intervint Evelina.

— Prends ton argent et rentre chez toi, maman. Je t'appellerai quand je serai disposé à t'adresser la parole.

Evelina demeura impassible, mais Kiara frémit à l'intonation de Val. Elle faisait de son mieux pour suivre l'exemple de Scarlett, qui ne se laissait jamais démonter. Sans grand succès. N'avait-elle pas capitulé sans condition quand Niko lui avait proposé cet arrangement ? Elle ne faisait pas le poids face à Val.

Et *se marier* ? De tous les scénarios possibles, celui-ci ne l'avait même pas effleurée. S'il n'avait vraiment rien su pour sa grossesse, difficile de lui en vouloir et se donner le beau rôle.

— Kiara n'est pas en position de refuser l'argent, rappela Davin. Il est à Aurelia, qui n'en prendra pleine possession qu'à ses vingt-cinq ans. D'ici là, il sera épargné sur un compte. Une somme mensuelle sera allouée à Mlle O'Neill afin d'offrir à Aurelia un environnement et une éducation stables. Un salaire a également été prévu pour les services d'un conseiller financier. Mlle Walker s'est proposée pour endosser ce rôle…

— La Mlle Walker en train d'accoucher du rejeton de mon demi-frère ? Certainement pas, l'interrompit Val.

La mention de son amie raviva l'inquiétude de Kiara.

— Je suis la doula de Scarlett, dit-elle. Je dois aller à l'hôpital.

Elle prendrait la place de son amie sur la table d'accouchement si cela pouvait lui permettre d'échapper aux foudres de Val !

— Hors de question, assena ce dernier. La dernière fois que tu as disparu, tu as eu mon enfant dans mon dos et conspiré avec mes parents pour me cacher son existence.

Kiara détestait les conflits. Sa seule défense était le sarcasme.

— *Moi*, j'ai disparu ? Dans mon souvenir, c'est plutôt l'inverse.

Val frappa la table des deux mains. L'aura de fureur émanant de lui l'enveloppait telle une prison invisible. Impossible de s'y soustraire.

— Veux-tu que je te dise ce dont *moi* je me souviens, Kiara ?

Les images de cette fameuse nuit défilèrent dans sa mémoire. Une onde brûlante la traversa et ses tétons se durcirent sous la fine soie de sa robe. Soudain, elle regrettait son choix de tenue. L'effet de ses mots sur elle ne pouvait avoir échappé au séducteur aguerri qu'était Val.

Sa colère, néanmoins, se comprenait. La façon cavalière dont il l'avait traitée l'avait blessée. Mais elle avait toujours eu mauvaise conscience à lui cacher la naissance d'Aurelia. Si elle l'avait pu, elle l'aurait prévenu à la seconde où elle avait appris qu'elle était enceinte. Sa réaction, jusque-là, n'était guère encourageante. Ni très personnelle. Elle gardait cependant l'espoir qu'il finisse par s'attacher à leur fille. Peut-être même par l'aimer. Avoir grandi sans père y était sans doute pour quelque chose.

— Inutile, marmonna-t-elle. Si tu veux bien m'excuser, j'ai des appels à passer.

Elle chercha son sac des yeux. Un énorme sac en toile qui, d'habitude, débordait de matériel de dessin, de couches et de petits pots ainsi que de vêtements propres. Mais elle voyageait léger aujourd'hui, ayant prévu de rentrer sur l'île tout de suite après le rendez-vous. Avec Scarlett à l'hôpital, ce serait la première fois qu'elle passerait la nuit loin d'Aurelia, réalisa Kiara.

— Je vous laisse terminer ? lança-t-elle à Davin.

Il acquiesça, sous le regard ombrageux d'Evelina.

Sans un mot, Val lui ouvrit la porte.

— Merci, murmura-t-elle.

Un nuage de tension se forma autour d'eux comme il la suivait vers les ascenseurs. Lui aussi semblait avoir décidé de ne pas s'attarder. Il sortit son portable pour passer un appel. Kiara trouva le sien. Trois messages de Scarlett l'attendaient, qu'elle lut en entrant dans l'ascenseur après Val.

Rejoins-moi vite. Je viens de perdre les eaux !

Son amie avait dû l'envoyer depuis les toilettes. Quelle idiote d'avoir éteint son téléphone en entrant dans la salle !

La mère de Javiero vient d'arriver. Qu'est-ce que je fais ?

Puis :

Javiero m'emmène à l'hôpital. Appelle-moi quand tu peux.

Kiara, penaude de son silence radio, s'empressa d'appeler Scarlett. À côté d'elle, Val informa son interlocuteur :

— Je vais me marier. Non, pas ici. En Italie.

Elle ouvrit des yeux incrédules. Mais Scarlett venait de décrocher alors que l'ascenseur atteignait le rez-de-chaussée.

— Tout va bien ? demanda-t-elle tout en regardant Val ranger son portable.

— Je suis en train d'accoucher. À ton avis ? Mon Dieu, Kiara, comment as-tu fait ?

— Je suis en route, promit-elle.

Val s'était appuyé contre la porte de l'ascenseur pour la

maintenir ouverte, de sorte qu'elle dut le frôler pour sortir. Une décharge électrique la secoua de l'intérieur.

— Attends, dit Scarlett. Javiero veut rester avec moi.

Kiara s'arrêta net au milieu du hall d'entrée.

— Et toi, que veux-tu ?

— Je ne sais plus ! J'ai dû tout lui dire et, maintenant, il s'oppose à ta présence. À cause de Val, ajouta Scarlett après une hésitation.

Val se matérialisa à ses côtés. Nul doute qu'il ne perdait pas une miette de leur échange. Kiara connaissait l'animosité entre les deux hommes. Mais après la violente réaction d'Evelina et le mépris avec lequel Val avait prononcé les mots « rejeton de mon demi-frère », elle mesurait le véritable gouffre les séparant.

— Écoute, si tu préfères que Javiero reste, je comprends, dit-elle d'un ton conciliant. Je vais prendre une chambre à l'hôtel. Appelle-moi en cas de besoin, d'accord ?

— Merci, hoqueta son amie dans un sanglot. Je suis tellement dépassée, si tu savais ! Oh non, en voilà une autre…

Kiara entendit Scarlett inspirer vivement, puis une voix masculine lui dire quelque chose, à quoi elle répondit par un virulent :

— Je sais que je dois respirer ! Qu'est-ce que tu crois que je fais ? Seigneur, comment as-tu pu me faire cela !

La communication coupa. Javiero avait dû confisquer son portable à Scarlett. Kiara était plus inquiète que jamais en rangeant le sien dans son sac.

— Il faut compter deux semaines, dit Val.

— N'exagérons rien. Mon propre accouchement n'a duré que quatorze heures, plaisanta-t-elle nerveusement.

Val fronça les sourcils, mais s'abstint de tout commentaire.

— Je parle du mariage. Nous pourrions nous marier plus tôt ici, en Grèce. Mais je tiens à ce qu'il ait lieu en Italie.

— Ou nulle part, répliqua Kiara.

Elle aurait dû être furieuse qu'il décide de tout sans la

consulter. Alors d'où lui venait cette étrange fébrilité à l'idée de l'épouser ?

Elle ignora son regard menaçant et se dirigea vers la sortie, aussitôt suivie par Val.

— J'ai besoin d'une voiture et d'une chambre d'hôtel proche de l'hôpital, déclara-t-elle.

— Mon chauffeur est déjà là, indiqua Val.

En effet, une luxueuse berline noire attendait devant les portes en verre de l'immeuble. Kiara ouvrit la bouche pour protester, mais il la devança :

— Nous n'en avons pas terminé, Kiara. Loin de là.

Son ton était sans réplique. Avec un soupir résigné, elle lui emboîta le pas.

Val écoutait sans vergogne l'échange téléphonique de Kiara assise à côté de lui.

— Oui, elle a une semaine d'avance sur son terme, expliquait-elle à quelqu'un au bout du fil. Je vais passer la nuit ici, au cas où elle aurait besoin de moi. Aurelia fait sa sieste ? Appelez-moi quand elle sera réveillée. Je vous tiens au courant. Merci.

— Où est-elle ? demanda-t-il sèchement.

Il peinait à saisir le fait qu'il avait une fille, encore sonné par la conspiration qui s'était jouée dans son dos.

— Sur l'île, répondit Kiara. C'était l'une de ses nounous au téléphone.

— Parce qu'elle en a plusieurs ? Sait-elle au moins qui est sa mère ?

Il la détailla de la tête aux pieds, de la robe de soie sur mesure au sac à main vintage, en passant par les chaussures à lanières dorées d'un célèbre créateur italien.

— Je reconnais une tenue haute couture quand j'en vois une, commenta-t-il avec dédain. T'arrive-t-il d'éprouver de la culpabilité ?

— Une mère est toujours coupable, rétorqua-t-elle, le menton levé. Surtout si elle travaille. Pour peu que cela ne soit pas indispensable à sa survie, et qu'il s'agisse en plus d'un travail artistique sans salaire fixe…

Val songea à sa propre mère, qui ne s'était jamais embarrassée de telles considérations. Sa seule obsession était de préserver sa ligne. Kiara, avec ses courbes généreuses, semblait ne s'être imposé aucun régime draconien. Trois ans plus tôt, Val avait vu en elle une distraction agréable avant le mariage de convenance qu'il s'apprêtait à négocier. Un moyen de relâcher la pression. Mais le fait est que sa douce odeur féminine l'affectait toujours autant. Il se sentait à l'étroit sous sa braguette, ce qui n'était pas pour améliorer son humeur. Il aimait le sexe, oui. Mais le désir ouvrait la porte à la manipulation. Hors de question de laisser la jeune femme reprendre l'avantage.

Son regard s'égara pourtant vers le genou dénudé de Kiara. Il se rappelait comme si c'était hier le velouté de sa peau, son goût de miel sur ses lèvres, sa façon de s'embraser sous ses caresses. La tension dans son aine s'accentua. Kiara tira sur l'ourlet de sa robe et leva furtivement les yeux. Le sexe n'était pas censé être un jeu de pouvoir. Mais c'est elle qui avait commencé. Quelle chance avait-elle contre lui, habitué à faire vendre parfums et smokings par son seul sex-appeal ?

Il la dévora ouvertement des yeux, s'attardant sur ses formes avec une admiration non dissimulée.

— Tu te sens coupable d'avoir laissé mon père t'habiller ?

Cette robe jaune pâle portait la marque indéniable du conservatisme de Niko.

— Je te trouverai un style plus flatteur à ta silhouette.

Sa poitrine se souleva dans une brusque inspiration. Le relief de ses tétons sous la soie légère eut un effet immédiat sur sa masculinité. Par chance, elle ne s'en aperçut pas car elle avait déjà tourné la tête, les joues cramoisies. Exactement le genre de réaction qui l'avait charmé la première fois. Comme la façon qu'elle avait eue de se mordre la lèvre quand leurs doigts s'étaient frôlés alors qu'ils étudiaient ses croquis. Ou le désir dans ses yeux d'ébène errant sur son corps nu pendant qu'il posait pour elle.

Mais cette attitude était-elle sincère ou juste une autre de ses ruses ?

— Niko a insisté pour que je me compose une meilleure garde-robe, dit-elle d'une voix incertaine. Comme j'avais à faire à Paris, nous avons fait les boutiques là-bas en emmenant Aurelia.

— *Nous ?*

Une bouffée de possessivité envahit Val.

— Scarlett et moi, clarifia Kiara.

— Elle va vraiment avoir l'enfant de ce salaud ? On ne peut pas dire qu'elle soit très regardante…

La jeune femme prit un air indigné.

— Scarlett est mon amie. J'apprécierais que tu lui témoignes plus de respect.

Val ricana avec dédain.

— Et comment êtes-vous devenues amies, au juste ? Mon père l'a-t-il payée pour se faire engrosser, elle aussi ?

— *Non !* Où vas-tu chercher que toutes les femmes cherchent à tomber enceintes pour de l'argent ?

— Crois-moi, dans ma famille, c'est monnaie courante. J'en suis le résultat. Paloma, elle, a épousé mon père et eu Javiero parce que sa famille était fauchée.

— Eh bien, en ce qui me concerne, c'était un simple accident, répéta Kiara. Quant à Scarlett, ce n'est pas à moi de m'expliquer pour elle. Essaie d'avoir un peu d'empathie. Sa grossesse a été difficile, Niko vivait ses derniers jours… Et sais-tu que Javiero sort tout juste de l'hôpital ?

— J'ai vu les gros titres.

Val ne se réjouissait pas que son demi-frère ait failli se faire tuer par un jaguar. L'attaque avait été extrêmement féroce, à en croire les journaux. Mais il avait mieux à faire que compatir pour l'autre branche de la famille de son père, aussi s'était-il désintéressé de l'histoire.

Quelques minutes plus tard, ils arrivaient à son hôtel. Il observa Kiara prendre ses marques, comme elle l'avait fait trois ans plus tôt dans sa suite de Venise. Elle enleva sa veste et déambula dans l'espace avec l'air d'absorber chaque détail, effleurant le pompon d'un coussin, étudiant les moulures au plafond, humant un arrangement floral. Elle bougea même le rideau pour voir comment tombait la lumière. Tandis qu'elle admirait l'Acropole depuis la fenêtre, il en fit autant avec la ligne gracieuse de ses épaules, sa taille de guêpe soulignée par la ceinture et l'arrondi de ses fesses sous la soie légère. Il devinait que ses doigts la démangeaient de sortir son cahier à croquis. Sa compulsion à capturer une image n'avait d'égale que son talent à le faire.

— Est-ce pour cela que tu as rejoint mon père ? Parce qu'il soutenait ta carrière ? J'ai vu la toile dans le hall.

De nouveau cette ombre de culpabilité sur le visage de la jeune femme.

— Moi aussi, je t'ai donné un tremplin, rappela-t-il, les dents serrées.

— Peut-être me serais-je résolue à vendre ces croquis de toi si ton père ne m'avait pas aidée, répondit-elle. Mais il l'a fait.

— Quand ? Travaillais-tu pour lui quand tu m'as rencontré ?

— Pour la énième fois, non !

Lui disait-elle la vérité ? Val réservait encore son jugement.

— Que je tombe enceinte n'était pas prévu, continua-t-elle. Je croyais que la pilule me protégeait. Quand j'ai appris ma grossesse, tu étais en lune de miel.

— Alors tu as contacté ma mère afin d'y mettre un terme ?

— Tu ne peux pas me juger pour cela…

— Je te juge pour en avoir parlé à tout le monde sauf à *moi*, répliqua-t-il avec colère.

— Je n'en ai parlé qu'à ta mère, corrigea-t-elle, les yeux baissés. J'étais désespérée, tant sur le plan moral que financier. Je n'avais ni famille, ni amis. J'ignorais quel genre de mère j'allais être puisque je n'avais jamais prévu de le devenir. Je ne suis pas fière de mon choix, mais je refuse d'en avoir honte.

Elle secoua la tête.

— Jusque-là, seul mon art comptait. J'enchaînais les petits boulots pour me payer de quoi peindre et manger. J'habitais une simple chambre, avec cuisine et salle de bains communes. On n'élève pas un enfant dans de telles conditions. Mais sans diplômes ni qualifications, impossible de décrocher un meilleur emploi. Et la mention « enceinte » fait rarement bonne impression sur un CV.

Elle se mordit la lèvre.

— J'aurais dû dépendre d'aides sociales pendant des années avant de m'en sortir. Exactement comme quand j'étais enfant. J'avais besoin d'explorer d'autres options. C'est pour cela que j'ai contacté ta mère. Comme elle avait connu la même situation, j'ai pensé qu'elle compatirait et aurait peut-être une solution.

— Eh bien, tu ne doutais de rien…

Evelina était la maîtresse de longue date de Niko quand ce dernier avait épousé Paloma. Avait-elle troué le préservatif ou Niko avait-il surestimé son obsession pour la minceur ? Quoi qu'il en soit, elle était tombée enceinte à peu près en même temps que Paloma. Val était le fruit de sa détermination à mettre le grappin sur la fortune de Niko. Mais ce dernier s'était retrouvé avec deux héritiers, nés à deux jours d'intervalle de mères différentes. Depuis, la guerre faisait rage entre les deux branches de la famille.

— Ta mère m'a interdit de la recontacter, dit Kiara d'un air sombre. Selon elle, ce bébé ruinerait ma vie et la tienne.

Mais elle a quand même dû avertir Niko, car Scarlett m'a appelée pour me convaincre de venir le rencontrer en Grèce.

Ah ! Scarlett. La redoutable assistante de son père, pour ne pas dire son homme de main.

— Niko était malade. Ses deux fils ne lui parlaient plus. Il avait besoin d'un nouvel héritier et, moi, je disposerais de mon propre atelier. Le genre d'offre qui ne se refuse pas. Mais si je suis restée, c'est surtout parce qu'il était le grand-père d'Aurelia. Je voulais que ma fille ait une famille.

— Et cela ne t'a pas dérangée de l'impliquer dans la vie de notre fille alors qu'il t'a interdit de me parler d'elle ? À *moi*, son *père* ?

— Je croyais que tu t'en fichais ! répliqua-t-elle avec véhémence. Ta réaction ne fait que confirmer les dires de Niko. Tu m'aurais forcée à choisir mon camp !

— Tu l'as fait. Tu as choisi le sien.

— Niko n'avait plus beaucoup de temps à vivre, argua-t-elle. La présence d'Aurelia lui a apporté une certaine paix dans ses derniers jours.

— Comme c'est touchant…

— Tu savais qu'il était malade. Si tu étais venu le voir, tu aurais su pour ta fille.

— N'inverse pas les rôles, gronda Val. Mon père savait pertinemment que je ne viendrais pas. Scarlett aussi. Cette logique ne tient pas.

— Pourquoi le hais-tu autant ? demanda Kiara, l'incompréhension gravée sur ses traits.

Val serra la mâchoire. Il aurait supporté les comparaisons incessantes avec son frère. Les punitions extrêmes. L'exigence de faire toujours plus, toujours mieux. Ce qu'il ne pardonnait pas à Niko, c'était d'avoir balayé sa plainte contre l'administration du pensionnat. Il avait caché la poussière sous le tapis en l'accusant de jouer les fauteurs de trouble. Val ne s'était jamais senti aussi seul et abandonné de tous. Par désespoir, il s'était lancé dans une vaste campagne de rébellion, enchaînant les bagarres et débordements en tout genre jusqu'à être renvoyé pour de bon.

— Et toi ? Qu'est-ce qui t'a fait penser qu'il méritait plus que moi de passer du temps avec ma fille ?

Cela le mettait hors de lui d'imaginer son père jubilant de lui voler tous ces précieux moments.

— Il allait mourir, expliqua Kiara d'un ton presque suppliant. Quand je l'ai rencontré, il était déjà très malade, affaibli et effrayé. Je n'avais pas prévu de rester en Grèce, mais je n'ai pas eu le cœur de le laisser.

— Oui, je suis sûr que le choix a été cornélien, ironisa Val.

— Ce n'était pas pour l'argent !

— Oh ! je ne t'en veux pas d'avoir cédé aux sirènes du confort, assura-t-il. Si tu avais refusé, il aurait eu recours à la menace. C'est le genre d'homme qu'il est, tyrannique et avide de contrôle.

« Si tu pars, ta mère part avec toi. Je ne l'entretiendrai pas. Ce sera à toi de t'en charger. Alors tais-toi et sois reconnaissant de l'éducation qu'on te donne. »

— J'ai rejeté sa fortune pour ne pas avoir à me soumettre comme tu l'as fait. Tu crois que je ne reconnais pas sa patte ?

Il désigna sa tenue, englobant par la même occasion sa façon de justifier l'injustifiable.

— Il t'a gardée sur l'île comme un gentil toutou dans sa niche.

— C'est faux !

— C'est la vérité.

Niko parlait de ses fils et de ses amantes comme un éleveur parlait de ses étalons !

— Quelle naïveté d'avoir cru qu'il s'intéressait à sa petite-fille… Il ne faisait que se venger de moi pour avoir osé défier sa volonté en épousant Tina. S'il a trouvé la paix dans ses derniers jours, c'est dans la satisfaction du coup bas qu'il me réservait.

— Quel coup bas ? Tu ne voulais pas de son argent.

En effet. Le plus beau jour de sa vie avait été celui de son expulsion définitive du pensionnat. Il avait craché à son père de garder son argent, avant de narguer Javiero en lui cédant magnanimement sa part. Javiero en avait besoin. Sa famille peinait à joindre les deux bouts et tous leurs espoirs reposaient sur ses jeunes épaules. Mais Javiero avait un défaut : son orgueil. Val savait qu'il ne supporterait pas de gagner par forfait. Fidèle à lui-même, Javiero avait à son tour renoncé à la fortune de Niko pour bâtir lui-même son propre empire. Que désirait-il ? Val l'ignorait. Et à vrai dire, il n'avait jamais cherché à comprendre ses motivations.

— Niko m'a avoué un jour qu'il regrettait la façon dont il s'était comporté, révéla Kiara. Il aurait voulu construire une meilleure relation père-fils avec vous deux.

Val eut un rire de dérision.

— Si c'était le cas, il n'aurait pas saisi cette dernière chance de nous monter l'un contre l'autre.

Dans l'impossibilité de déverser sa bile sur un mort, il s'en prit à Kiara :

— Et toi, tu n'aurais pas dû le soutenir tout ce temps en me cachant la vérité.

— Qu'attends-tu de moi ? Des excuses ? Tu étais marié, rappela-t-elle. Au vu des dates, tu es allé demander la main de ta femme à peine quelques heures après avoir quitté mon lit.

— Je suis allé m'entretenir avec son père, rectifia-t-il.

— Peu importe. Il était clair que toi et moi n'avions aucun avenir. Qu'étais-je censée penser après avoir été payée pour mes services ? Que tu rêvais de fonder une famille avec moi ?

— Attends une minute, l'interrompit Val d'une main levée. J'ai laissé cet argent pour le croquis que je t'ai pris.

— Oh ! bien sûr.

Elle détourna les yeux, la mâchoire serrée. Était-ce de l'humiliation qu'il lisait sur ses traits ? S'était-elle sentie insultée ?

Un gouffre s'ouvrit dans sa poitrine. S'il avait encore une conscience, celle-ci se manifestait rarement. Mais il y avait certaines limites qu'il ne dépassait pas. Le sexe, pour lui, était affaire de désir et de consentement mutuel. C'était cela ou rien.

— Tu savais que je voulais ce croquis, persista-t-il avec dureté. Comment aurais-tu pu croire que je monnayais tes services ?

Elle le regarda droit dans les yeux, les joues rouges de honte.

— Je t'ai dit que je gagnais trente à quarante euros par dessin. Tu m'as laissé *cinq cents* euros ! Tout cela pour un croquis que tu as dû jeter à la poubelle…

— Alors tu as laissé l'argent parce que tu ne pensais pas valoir autant ?

Il parlait de son travail. Mais un éclair de vulnérabilité traversa ses yeux noirs.

— Je l'ai bien regretté, par la suite, marmonna-t-elle.

Quand ? Avant ou après s'être acoquinée avec son père ? Encore secoué par cette nouvelle information, il sortit une bouteille de whisky du bar et en remplit deux verres.

— Combien te fais-tu payer, aujourd'hui ? demanda-t-il.

— Quelques centaines d'euros, répondit-elle avec une réticence palpable. Mais il s'agit de toiles terminées. Celle de la tour Mylonas m'a rapporté presque deux mille euros, grâce à Niko et son népotisme. La plupart ne sont pas encore vendues. Mon agent les réserve pour mon vernissage.

— Dans une galerie ? Où cela ?

— À Paris. Dans trois semaines.

Elle lui donna le nom et le regarda s'approcher d'un air méfiant.

— Mon agent l'a réservée il y a longtemps, précisa-t-elle en acceptant le whisky qu'il lui tendait. Quand nous pensions que Niko aurait plus de temps et que Scarlett…

Elle posa aussitôt son verre sur une console.

— Non, pas d'alcool. Scarlett pourrait avoir besoin de moi. D'ailleurs, je ferais bien de vérifier mon portable.

Kiara saisit ce prétexte pour mettre de la distance entre elle et Val. Il ne l'avait donc pas payée pour le sexe ? C'était une autre de ses défenses qui s'écroulait et elle se sentait plus en tort que jamais. Mais quel choix avait-elle, à l'époque ?

Aucune notification sur son portable. Non qu'elle en reçût beaucoup en temps normal. À la demande de Niko, elle avait clôturé tous ses comptes sur les réseaux sociaux quand elle avait emménagé en Grèce. Elle n'échangeait qu'avec Scarlett ou son agent, ainsi qu'avec les nourrices d'Aurelia.

— C'est une bonne galerie, commenta Val. Qui est ton agent ?

Elle lui donna son nom. Tout en parlant, Val avait reversé le contenu de son verre dans le sien et pris sa place devant la fenêtre. Si elle détaillait sa silhouette masculine, c'était en tant qu'artiste, bien sûr. Rien à voir avec la façon dont son jean épousait ses fesses musclées.

— Mon père s'est vraiment démené pour toi, pas vrai ? lança Val, sardonique.

Kiara ne savait où se mettre. Elle se faisait l'effet d'un imposteur, et le coup de pouce de Niko contribuait à ce sentiment. Mais Val n'avait pas besoin de le savoir. Elle baissa les yeux sur les chaussures que Niko lui avait achetées. Elle n'avait pas aimé accepter tous ces cadeaux et vivre comme une princesse. D'autant moins que cela la rendait dépendante de la volonté implacable de Niko.

Mais l'atelier, l'agent, le train de vie… Tout cela n'était que la cerise sur le gâteau. Le véritable gain était le lien avec la famille de sa fille. Val était indisponible et Evelina n'avait aucun désir de devenir grand-mère. Niko, lui, avait tenu à ce que sa petite-fille fasse partie de sa vie. Kiara n'avait pas eu la force de refuser, elle qui avait perdu trop tôt sa seule famille de sang.

— Monte sur tes grands chevaux tant que tu veux. Mais sa première réaction a été de m'offrir son soutien, rétorqua-t-elle, le menton levé. La tienne a été de me traiter d'aventurière et refuser d'entendre le nom de ta fille.

Elle avait beau détester les conflits, hors de question d'être la méchante de l'histoire.

— Veux-tu être un père, Val, ou juger mes choix de mère ? Ta colère a-t-elle le moindre rapport avec Aurelia et moi ? Suis-je une sorte d'exutoire à tes problèmes jamais résolus avec Niko ?

Val se raidit de façon perceptible. Mais très vite, un sourire dangereux étira ses lèvres.

— Tu tiens vraiment à m'analyser, Kiara ? Attention à ne pas réveiller le monstre…

— J'aimerais vraiment savoir, insista-t-elle.

Elle saisit un coussin qu'elle pressa contre sa poitrine, un peu comme un bouclier entre elle et Val.

— Serais-tu moins furieux si j'avais compté sur ton argent plutôt que sur celui de ton père ? Aurais-je dû enchaîner les galères pour prouver… quoi ? Que je ne m'abaisse pas à avoir besoin d'aide ? Aurais-je dû souffrir noblement en digne héroïne de tragédie ?

— Cela aurait été un début.

Mon Dieu, ce qu'il pouvait être moralisateur ! Elle jeta violemment le coussin sur le sofa en cuir.

— Tu sais ce qui me rend furieuse, moi ? Que tu aies eu le *luxe* de rejeter ton père et son argent. Ta mère est difficile à vivre ? La mienne est morte quand j'avais neuf ans !

Elle n'avait pas eu l'intention d'évoquer son passé, trop intime et douloureux. Mais elle ne se laisserait pas coller l'étiquette de profiteuse vénale.

— On m'a donné un lit dans une chambre occupée par trois autres filles, avec un seul tiroir pour ranger les rares affaires qu'on m'avait autorisée à garder. Toute ma jeunesse, j'ai porté des vêtements de seconde main envoyés à l'orphelinat quatre fois par an. Je n'étais douée ni à l'école, ni en sport. Adolescente, je n'étais pas populaire et n'écartais pas non plus les cuisses. Mes rares amis étaient aussi pauvres que moi. À la première occasion, ils prenaient leurs distances avec tout ce qui leur rappelait cette vie, moi y compris.

Val l'écoutait en faisant tournoyer son whisky dans son verre, semblant analyser chaque mot en quête d'éventuels mensonges.

— Mais j'avais mon art, continua-t-elle avec émotion. J'ai vécu dans des trous à rats et enchaîné les boulots ingrats. Mais je m'en fichais car mon cahier à dessin était mon ticket pour une vie meilleure. Quand tu m'as laissé cet argent, j'ai longtemps hésité avant de décider que je n'étais pas prête à franchir ce cap-là.

— C'était pour le croquis, répéta Val.

— En apprenant que j'étais enceinte, j'ai juste regretté de ne pas l'avoir pris. Peu m'importait la raison, admit Kiara.

Elle serra les bras autour d'elle au souvenir de cette période troublée. Elle s'était posé tant de questions, alors. Quel chemin choisir qui ne fasse pas d'elle une mauvaise mère ?

— Mon parcours a toujours été chaotique. Je savais que je me débrouillerais d'une façon ou d'une autre. Peut-être en vendant ces fameux croquis de toi. Mais ton père m'a fait une offre qui épargnait à Aurelia ce genre d'existence où punaises de lit et propriétaires pervers font partie du quotidien. Si je mourais, elle ne se retrouverait pas sans rien. Ta fille ne mérite-t-elle pas de vivre dans le confort ? Suis-je vraiment un tel monstre d'avoir voulu lui donner le meilleur départ possible dans la vie ?

Kiara tremblait après cette difficile tirade personnelle. Mais Val se contenta d'esquisser un rictus cynique.

— Ce genre d'histoires larmoyantes, si tu savais combien j'en ai entendues de la bouche de ma mère…

Val but une généreuse gorgée de whisky. Il s'interdisait de prendre pour argent comptant tout ce que lui racontait Kiara.

— Surtout le refrain sur la volonté de faire ce qu'il y a de mieux pour son enfant. Je le connais par cœur.

La jeune femme recula comme s'il l'avait frappée. Déjà visiblement remuée pendant qu'elle racontait son histoire, elle était à présent au bord des larmes.

— J'ai besoin d'aller aux toilettes, dit-elle d'une voix étranglée.

Tiens ? Pourquoi ne pas pleurer devant lui pour le faire culpabiliser de sa cruauté ? C'est ce que sa mère aurait fait. N'était-ce pas ainsi que ce petit numéro fonctionnait ? Sa poitrine se serra comme elle s'éclipsait avec précipitation, sans rouler lascivement des hanches comme d'autres l'auraient fait.

Ne te laisse pas avoir, s'admonesta-t-il. Kiara était l'ennemi. Au même titre que toute sa prétendue « famille ».

Alors pourquoi n'avait-elle pas pris l'argent, ce jour-là ?

À l'époque, il avait vu dans ce geste un cadeau. Une façon de le remercier pour cette belle aventure en ne le faisant pas payer pour le croquis. Bien sûr, elle tirerait une jolie compensation des autres nus qu'elle avait réalisés de lui. Mais à l'en croire, elle ne les avait jamais vendus, pas même pour subvenir aux besoins de leur fille. Peut-être parce que ces esquisses auraient révélé au grand public qu'il en était le père. Une position lui donnant tout loisir de le faire chanter.

« J'ai longtemps hésité avant de décider que je n'étais pas prête à franchir ce cap-là. »

Si elle était aussi vénale que sa mère et manipulatrice que son père, pourquoi ne pas avoir pris l'argent ? Ni tenté de lui en soutirer davantage ? Oh ! elle avait bien cherché un soutien financier… auprès de Niko. Après avoir essayé de le recontacter. Ce n'était pas à Niko que Kiara s'était adressée, mais à Evelina. Sa propre mère était à l'origine de cette alliance.

Pourquoi cela le contrariait-il autant qu'elle ait choisi de dépendre de Niko ? Avait-elle vu juste en l'accusant de lui faire payer ses propres différends avec son père ? Sans Niko et sa fortune, Val ne serait pas là. Et si ce n'était pas contre son père, au fond, qu'il gardait rancune, mais contre sa propre existence ?

Kiara réapparut, le visage nettoyé de tout maquillage. Ses cheveux étaient humides aux racines et sa robe, mouchetée de taches d'eau.

— Bien. Maintenant que les retrouvailles sont faites, je vais me chercher un autre hôtel, dit-elle en saisissant son téléphone d'une main tremblante.

Sa voix se durcit lorsqu'elle ajouta :

— Tu étais prêt à désavouer notre fille. Elle a désormais le luxe de se passer de toi. Rien que pour cela, je ne regretterai jamais d'avoir accepté l'argent de ton père.

Le regard qu'elle lui lança le réduisit au silence plus sûrement qu'un coup de poing dans l'estomac.

Elle allait partir, la tête haute, quand son portable vibra. Sa bravade céda la place à une profonde vulnérabilité lorsqu'elle regarda l'écran. Val y vit aussitôt une faiblesse à exploiter.

Elle scotcha un sourire sur ses lèvres avant de répondre.

— Coucou, ma puce !

— Maman !

Une voix enfantine parvint à Val, la plus joyeuse qu'il ait jamais entendue.

— Tu t'amuses bien avec ta nounou ? demanda Kiara en se laissant choir sur le canapé, les yeux rivés à l'écran.

La seule fois où il l'avait vue aussi absorbée était lorsqu'elle dessinait, penchée sur son cahier. Isolée dans sa bulle.

Val ne put résister. Il s'approcha de Kiara, qui leva vers lui un visage méfiant. Ses doigts se crispèrent sur son portable. Il resta hors de l'angle de la caméra, mais observa le petit visage ovale sur l'écran. La fillette avait les lèvres de sa mère et le teint légèrement plus clair. Ses cheveux frisés entouraient sa tête tel un halo, leurs pointes blondies par le soleil. Elle racontait une histoire sans queue ni tête en pointant du doigt quelque chose en dehors du cadre de l'écran. Val aurait pu l'écouter babiller pendant des heures.

Lorsqu'elle tourna la tête, il remarqua ses yeux. Bleu-gris, comme les siens. Un étau lui étreignit la poitrine. Elle était si naturelle, si pure ! Il avait envie de s'excuser auprès d'elle de l'avoir souillée de ses gènes. Alors d'où venait cet inexplicable besoin de la revendiquer comme sienne ?

Il n'avait jamais aimé les enfants, même quand il en était un. Ils étaient méchants et pleurnichards. Beaucoup n'étaient que le fruit de la vanité de parents qui n'auraient jamais dû se reproduire. Val, devenu mannequin très jeune, avait mis quelques années avant de comprendre combien laisser des inconnus photographier son enfant pour de l'argent était malsain.

Mais cette petite fille ? Il avait envie de plonger la main à travers l'écran et de la ramener auprès de lui, à l'abri. Faire en sorte que rien n'entame jamais son innocence.

— Non, ma chérie, je ne suis pas dans mon atelier, dit Kiara à l'image cahotante de petites jambes courant sur une pelouse. Je suis partie en hélicoptère avec tante Scarlett, tu te souviens ? Elle est en train d'avoir son bébé.

L'image s'immobilisa et le visage d'Aurelia réapparut à l'écran.

— Je peux voir ?

— Pas encore. Bientôt.

Il y avait une telle tendresse dans le sourire de Kiara que Val sentit une fissure s'ouvrir dans le mur autour de son cœur. Les émotions nouvelles qui s'y infiltraient lui nouaient la gorge.

— Je reviens demain matin. Plus qu'une nuit, promit Kiara.

— Non !

La fillette eut une grimace désemparée.

— Je veux que tu reviennes maintenant !

— Oh ! ma chérie…

Les yeux de Kiara s'embuèrent de larmes. La nourrice intervint afin de faciliter les au revoir, en promettant à Aurelia de rappeler maman à l'heure du coucher. La communication coupa et Kiara pressa le téléphone contre son cœur.

— Tu vois, lança-t-elle avec une fausse légèreté. Je n'ai pas besoin de toi pour avoir mauvaise conscience. J'y arrive très bien toute seule.

Elle se leva, fourra son portable dans son sac et se dirigea vers la porte.

— Kiara.

« Veux-tu être un père, Val ? »

Il l'ignorait. Là, tout de suite, il ne savait qu'une chose.

— Je veux ma fille.

3.

Kiara s'arrêta net. Les mots de Val avaient touché une corde sensible. S'était-elle trahie en avouant n'avoir aucune famille ? Elle avait grandi dans le dénuement le plus total, tant financier qu'affectif. Mais Val n'avait manifesté qu'une froide indifférence face à son histoire. Niko l'avait prévenue : il était méprisant et prompt à juger. Dans l'art de la manipulation, sa mère avait été le meilleur professeur qui soit. Scarlett elle-même l'avait décrit comme « provocateur » et « volontairement odieux ».

Un portrait à mille lieues de l'homme qu'elle avait connu ce soir-là. Il était arrogant, certes, et avait exigé de voir ses croquis. Mais il avait ensuite loué son talent et proposé de poser pour elle. Peut-être cela n'avait-il été qu'un stratagème pour l'attirer dans son lit. Elle avait néanmoins apprécié ses critiques constructives, sa façon de chercher la meilleure lumière et l'infinie patience dont il avait fait preuve pendant qu'elle travaillait. Il l'avait même généreusement encouragée à profiter de sa notoriété pour se faire un nom.

Ce n'est qu'après son mariage et la découverte du visage cruel de sa mère qu'elle avait commencé à douter de sa première impression. Les propos de Niko et de Scarlett l'avaient confortée dans ses soupçons et convaincue de garder le secret au sujet d'Aurelia, malgré sa réticence initiale. Mais même si Val avait tous les droits d'être en colère…

— Es-tu en train de me menacer de me disputer sa garde ?

Une boule lui serrait la gorge. Elle se battrait comme une

lionne pour sa fille. Mais elle préférait s'épargner l'épreuve d'une longue bataille juridique.

— J'ai parlé de mariage, non ? Je veux qu'elle fasse partie de ma vie, dit Val, les épaules rigides de tension.

— Tu en es sûr ?

Kiara n'était pas une dure à cuire. Sa force était la persévérance, elle n'était pas douée pour la confrontation. Mais quand il était question de sa fille, c'était une autre histoire.

— Je suis prête à tout pour donner à Aurelia une famille. Mais aussi la préserver d'un mauvais père, ajouta-t-elle.

Elle soutint bravement son regard. Ce n'était pas des paroles en l'air. Elle le pensait.

Une émotion indéchiffrable passa dans les yeux de Val. Aurelia avait les mêmes prunelles bleu-gris au regard si pénétrant. Elle se cuirassa contre le reflet de sa fille chez cet homme impitoyable. Il avait déjà le pouvoir de l'affecter rien qu'en se trouvant dans la même pièce. Son cynisme à l'instant l'avait choquée, et pourtant… Il avait beau dénigrer ses choix et mettre en doute ses motivations, elle était comme hypnotisée. Elle aurait voulu le dessiner. Échanger comme ils l'avaient fait ce soir-là, d'égal à égal. Le toucher, s'allonger avec lui, sentir son corps viril bouger en elle…

Une vague brûlante la submergea, montant de ses seins pour embraser ses joues. Le regard de Val brilla, comme s'il lisait dans ses pensées.

— *Vraiment* prête à tout ? susurra-t-il avec un sourire en coin.

Le cœur de Kiara fit un salto dans sa poitrine. Elle détourna la tête.

— Je… suis prête à te laisser la rencontrer, bredouilla-t-elle, s'efforçant de réciter le petit discours qu'elle avait préparé.

Sauf que cette scène aurait dû se dérouler chez le notaire, avec lui et Scarlett parés à intervenir en cas de besoin.

— Mais tu dois être sûr de ton engagement. Je refuse de te faire entrer dans sa vie pour que tu te volatilises ensuite.

— Est-ce déjà arrivé ? questionna Val d'une voix tranchante. Avec d'autres hommes ?

— Avec Niko, oui. Elle ne l'a pas beaucoup vu, ces dernières semaines. Il était rarement conscient. Elle continue à me demander quand il va revenir…

Kiara elle-même peinait à surmonter l'épreuve. Niko avait beaucoup souffert vers la fin. Cela avait été un soulagement lorsqu'il s'était éteint. Mais sa disparition avait tout changé.

— Je parlais d'amants, grogna Val. Tu le sais bien.

— Je crois qu'il est trop tôt dans notre relation pour évoquer nos amants respectifs, répliqua-t-elle avec un sourire hypocrite.

— Toi et moi le sommes, amants.

Son timbre velouté caressa ses sens. Comment la simple mention de leur aventure passée pouvait-elle la mettre dans un tel état ?

— L'étions, rectifia-t-elle.

— Crois-moi, je suis un expert en nature humaine…

Il vida d'un trait le reste de son verre, son regard de braise rivé sur elle.

— Tu rêves de revenir dans mon lit, Kiara.

Une onde de désir fusa dans ses veines, mais elle parvint à garder contenance.

— On m'avait pourtant mise en garde contre ton arrogance…

Toute trace d'humour s'évanouit des traits de Val.

— Je détecte les mensonges aussi bien que tu peins. Regarde-moi dans les yeux et ose me dire que tu n'as pas envie de moi.

Elle essaya, mais aucun son ne sortit de sa bouche. Son regard glissa vers les larges épaules et le col ouvert sur un léger duvet masculin. Ses yeux d'artiste enregistraient chaque détail. Les ombres et les angles. Le coton de la chemise tendu sur un biceps. Le jean patiné dessinant les cuisses musclées. La peau bronzée visible au niveau de la déchirure au genou. Ses yeux suivirent les élégantes chaussures italiennes s'avançant vers elle, jusqu'à ce qu'elles s'immobilisent à sa hauteur.

La chaleur de Val s'insinuait sous sa peau et ravivait d'anciennes braises en elle. L'air autour d'eux crépitait, saturé de tension.

— Est-ce un mariage platonique que tu veux ?

Sa voix avait pris une intonation lascive, comme ce fameux soir trois ans plus tôt. Répondre non, c'était implicitement accepter le mariage. Elle devait se méfier. Val était un homme intelligent et dangereux. Son pouvoir de séduction ne connaissait aucune limite.

— Alors ? insista-t-il en posant une main sur son cou.

Le cœur de Kiara battait la chamade. La pression de sa paume brûlante contre son artère affolait son pouls. Impossible de voir l'expression de ses yeux. Elle était trop subjuguée par sa bouche. Elle aurait pu la dessiner dans son sommeil : l'arc de Cupidon sensuel, bien défini, coiffant une lèvre inférieure délicieusement pleine. Les photos des magazines ne lui rendaient pas justice. Sa douceur, sa texture…

Elle mourait d'envie d'y goûter à nouveau. Cela faisait trois ans qu'elle en rêvait. Un sourire satisfait durcit ses lèvres juste avant qu'elles ne capturent les siennes. Elles avaient un goût de whisky et de victoire. Val inclina la tête avec nonchalance, sûr de lui, pour prendre pleine possession de sa bouche. Kiara sentit sa fièvre grimper en flèche.

Elle vacilla contre lui, étourdie par la passion. Elle n'avait connu cela qu'une seule fois avant, après un lent et subtil jeu de séduction. Rien d'aussi brutal. Ce violent assaut à ses sens lui donnait le vertige. Elle n'était même plus sûre de respirer, et elle s'en fichait. Toute pensée rationnelle l'avait désertée. Elle ouvrit la bouche, avide d'étancher sa soif et de prendre ce que Val lui offrait.

Ses bras puissants s'enroulèrent autour d'elle et la plaquèrent contre lui. Sa force virile l'enveloppait tout entière. Elle était captive, piégée entre un mur de muscles et la pression de ses doigts dans son dos. Son odeur masculine court-circuitait ses sens telle une drogue. Mais ce n'était pas assez. Elle voulait plus.

La main de Val plongea dans ses cheveux tandis que l'autre s'enroulait autour de sa nuque. Elle se hissa sur la pointe des pieds pour approfondir encore leur baiser. Elle avait besoin de cela, de sensations plus intenses afin d'apaiser ce feu en elle. Elle avait besoin de *lui*, maintenant.

Il répondit à sa prière en insinuant sa langue entre ses lèvres. S'ensuivit une joute sulfureuse qui lui coupa le souffle. Seigneur, c'était si bon ! Les pointes de ses seins tendaient douloureusement la soie de sa robe. Un incendie s'était allumé entre ses reins, si violent qu'une plainte lui échappa.

Avec un grognement rauque, Val glissa les mains sous ses fesses et la hissa contre lui. C'est tout juste si ses pieds touchaient encore le sol. Ainsi suspendue, elle sentait le renflement dur de sa virilité contre son mont de Vénus tandis qu'il ondulait contre elle. Kiara s'abandonna pleinement à l'exquise friction. Elle dérivait dans un océan de sensations, quand une brusque morsure dans sa lèvre inférieure la ramena au présent. Val continua à sucer et mordiller avant de reculer la tête. Dans ses yeux brillait une lueur moqueuse. C'était une provocation, presque un ordre. *Rends-toi. Deviens mienne.*

Elle faillit obéir, aveuglée par le désir qui pulsait entre ses cuisses. Ses lèvres picotaient. Sa peau était en feu. Sa libido, en sommeil depuis trois ans, venait de se réveiller en sursaut. Mais au dernier moment, elle le repoussa, les deux mains plaquées contre son torse. Lentement, Val desserra son étreinte sur ses fesses. Elle retrouva le sol, qui se déroba sous ses pieds, aussi se raccrocha-t-elle aux bras puissants encore autour d'elle.

« Regarde-moi dans les yeux et ose me dire que tu n'as pas envie de moi. »

Non, elle en était incapable. Sa réaction parlait pour elle. Et Val ne cachait nullement sa satisfaction. Mon Dieu, comme elle avait honte ! S'il n'avait pas interrompu leur baiser, qui sait si cet égarement n'aurait pas causé une nouvelle grossesse surprise ?

— Il y a désir et désir, articula-t-elle, le souffle saccadé.

Elle lâcha ses bras et recula de quelques pas. Une fois hors d'atteinte, son regard chercha le sien. *Seigneur.* Autant se jeter dans un brasier. Elle n'avait qu'une envie, reprendre là où ils en étaient restés.

— Je suis attirée par toi, c'est vrai. Quelle femme ne l'est pas ?

Que croyait-il ? Qu'elle était flattée de n'être qu'une maîtresse parmi tant d'autres ?

— Et je le déplore, ajouta-t-elle. L'heure n'est plus à l'insouciance comme il y a trois ans. Je dois être capable de tisser une relation adulte avec le père de ma fille. À ton tour, Val. Regarde-moi dans les yeux et dis-moi que je serai ton amante dans le sens absolu du terme. Alors il sera temps de parler sexe. Ou mariage.

Elle lut sa réponse sur ses traits aussi clairement que s'il avait bondi en arrière. C'était un rejet pur et simple. Kiara en fut blessée. Mais au moins, elle savait à quoi s'en tenir. Entre eux, il n'était pas question de retrouvailles ou de nostalgie. Si leur rencontre lui avait ouvert de nouvelles portes, c'était par pur accident. Ce béguin persistant n'avait pas lieu d'être.

— À quel hôtel est descendue ta mère ? Je préférerais éviter de tomber sur elle.

Elle carra les épaules dans un effort pour faire bonne figure.

— En fait, tu sais quoi ? Je crois que je vais aller patienter directement à l'hôpital…

— Tu restes ici. Avec moi, décréta Val par réflexe.

— Non.

La méfiance dans la voix de la jeune femme l'interpella. Craignait-elle qu'il ne fasse pression sur elle pour qu'elle couche avec lui ?

— Il y a deux chambres, précisa-t-il.

Sa libido en effervescence se rappela à lui. Ce baiser… Il ne s'était plus senti aussi vivant depuis longtemps. Il voulait plus. Les mains de Kiara tremblaient, démentant la contenance calme qu'elle tentait de se donner. Elle aussi le désirait, aucun doute là-dessus.

Cette dualité l'avait intrigué dès leur première rencontre. De prime abord, elle passait pour une observatrice innocente du monde qui l'entourait. Mais il avait suffi d'un baiser pour réveiller la passion endormie en elle. Cette nuit-là, elle l'avait aspiré dans un univers de sensualité débridée qu'il n'avait jamais connu avec personne. L'expérience l'avait troublé et continuait à le faire. Et voilà qu'elle lui demandait de devenir son amante *dans le sens absolu du terme.* En matière de sexe, il y avait trois lignes qu'il ne franchissait pas : payer une femme pour ses services, lui forcer la main et mentir pour parvenir à ses fins. Son extrême franchise lui valait d'ailleurs une réputation peu flatteuse auprès de la gent féminine.

Kiara aussi était du genre direct. Elle n'hésitait pas à exprimer son ressenti, avec une sincérité qui fragilisait sérieusement sa carapace.

— Il est un peu tôt pour aller dîner. Allons t'acheter des fournitures à dessin, proposa-t-il en se dirigeant vers la porte.

La jeune femme ne bougea pas.

— Pourquoi ? demanda-t-elle, sur ses gardes.

— Parce que rester ici avec toi compromettrait ma vertu.

Il ne plaisantait qu'à moitié. Kiara frémit et s'empourpra. Dieu, ce qu'il avait envie d'elle ! Mais il avait déjà cédé une fois à son désir, et où cela l'avait-il mené ? Non, certaines règles s'imposaient avant qu'ils n'aillent plus loin. Croyait-elle réellement en l'amour ? Lui savait d'expérience que ce n'était qu'une fable qu'on racontait aux enfants, à l'instar du Père Noël et de la petite souris. Mais ils avaient une fille ensemble et il comptait bien faire partie de sa vie.

— Raison de plus pour m'en aller, repartit-elle. Nous discuterons de cela une autre fois.

Bien essayé.

— Tu as dit que dessiner t'aidait à te calmer, insista Val. Laisse-moi faire cela pour toi.

— Est-ce encore une de tes ruses ? Comme le bourreau qui offre un bon repas à son prisonnier pour s'attirer sa confiance ?

— Tu me connais par cœur.

— Tu ne m'achèteras pas avec quelques toiles et une boîte de pinceaux, Val.

— Tu préfères rester ici et négocier les termes de notre mariage ? répliqua-t-il en insistant sur ce dernier mot.

Elle déglutit visiblement, pour sa plus grande satisfaction.

— J'ai dans l'idée que mes préférences n'entrent pas vraiment en ligne de compte, grinça Kiara.

— Bien vu. Dois-je faire une recherche en ligne ou…

— Je sais où aller.

— C'est ce que je pensais.

Le propriétaire de la boutique accueillit Kiara comme une vieille amie et lui demanda s'il pouvait l'aider dans sa recherche.

— Oh ! je suis juste de passage en ville. Je fais un petit tour, répondit Kiara en grec.

Une langue que Val parlait couramment, bien qu'il préférât sa langue maternelle, l'italien.

Kiara se vit encouragée à prendre son temps, ce qu'elle fit en déambulant tranquillement dans les rayons, s'arrêtant ici et là pour tester la texture des pinceaux ou humer l'odeur des pastels, sous le regard curieux de Val.

— J'ai menti, lança-t-elle avec un soupir penaud. Quelques crayons gras, et tu m'as dans ta poche. Je suis comme une gamine dans un magasin de bonbons, ici.

— Parle-moi de ton vernissage, dit Val. Fais-je partie des œuvres exposées ?

La jeune femme contempla pensivement un panneau de verre coloré.

— Je n'ai jamais montré mes croquis de toi à qui que ce soit, répondit-elle après un moment.

— Vraiment ?

Le paradoxe chez Kiara était qu'elle semblait sincère, mais agissait d'une façon déroutante qui lui faisait douter de ses propos. Elle avait toutefois exposé avec franchise ses raisons pour avoir accepté le soutien de Niko, sans user de faux-fuyants. Pourquoi mentirait-elle maintenant sur un sujet moins important ?

— Pourquoi ne pas l'avoir fait ?

Le regard qu'elle lui lança le ramena trois ans en arrière, quand elle s'était installée à califourchon sur ses genoux. Sa jupe en coton s'était relevée alors qu'il l'attirait plus près encore. Son odeur se mêlait à la sienne, imprégnée de poussière de fusain et de l'air même de Venise. Sa peau avait le goût de son pays, sa bouche celui des fraises et du champagne consommés plus tôt. Une autre saveur aussi, plus naturelle, à laquelle il était aussitôt devenu accro.

Il se souvenait avec précision de chaque caresse, chaque gémissement de plaisir échangés cette nuit-là. Et il ne cherchait pas à cacher à quoi il pensait. La jeune femme rougit en croisant son regard, mais ne détourna pas les yeux.

— Niko ne voulait pas que notre lien soit divulgué avant sa mort, expliqua-t-elle. Et puis…

Elle se mordit la lèvre.

— Niko m'a peut-être acheté le matériel, mais c'est moi la peintre. Je veux que les gens achètent ce que j'ai créé, pas qu'ils s'approprient ce que j'ai reproduit. En l'occurrence, toi.

— C'était le but, objecta Val. Tu ne manquais pas de talent, Kiara. Seulement de visibilité et de ressources. C'est pour cela que je t'ai encouragée à utiliser mon image.

Mais c'est lui qui aurait gagné en visibilité, avait-elle timidement souligné à l'époque.

Elle jeta le pinceau qu'elle examinait dans leur panier de courses.

— Moi non plus, je n'avais pas envie de rendre publique notre rencontre, admit-elle dans un soupir. Si je commercialisais ces croquis pour élever notre fille, quelqu'un aurait fini par faire le lien. Et puisqu'ils étaient tout ce que j'avais de son père, quel droit avais-je de les vendre ?

— Tu veux dire que tu as conservé mes nus en souvenir pour notre fille ? Je suis flatté.

— Ce que je veux dire, c'est que j'étais face à un dilemme. Chaque action entraîne des répercussions. Et puis, notre nuit ensemble était de l'ordre du privé.

— Privé ? Je ne sais même pas ce que ce mot veut dire.

Sa naissance illégitime avait fait les gros titres de tous les journaux. Sa fortune personnelle, il l'avait fondée en posant en sous-vêtements. Sa réputation de *bad boy* lui avait été aussi utile que ses yeux bleus perçants et son physique avantageux. Même le propriétaire de la boutique l'avait reconnu et semblait hésiter à lui demander un selfie, sans doute pour le poster en ligne afin de se faire de la publicité.

La réaction de Kiara n'avait aucun sens. Elle paraissait soucieuse de protéger leur aventure, comme si celle-ci avait compté pour elle. À moins qu'elle n'en ait honte ? Cette éventualité lui laissa un goût amer dans la bouche.

— J'ai bien essayé de peindre à partir des croquis, continua Kiara. Peinture à l'huile, aquarelle, pastels… J'ai tout essayé. Cela n'a rien donné. Je me demande pourquoi. Ce n'est pas la première fois que je travaille ainsi. Mes peintures d'Aurelia me donnent entière satisfaction.

Elle sortit son téléphone, passa son doigt sur l'écran et le lui tendit.

— Va à gauche et tu verras les brouillons. Mon agent les a fait encadrer pour les exposer avec l'œuvre terminée, histoire de présenter mon processus créatif.

Même cette simple photo débordait de la joie de vivre de la fillette. Suivaient une demi-douzaine d'esquisses au fusain sous divers angles. Toutes représentaient Aurelia faisant des bulles à l'aide d'une tige munie d'un anneau. Il revint à la première photo de la peinture finale et zooma. Kiara avait même su rendre les jeux de lumière dans les bulles et la lueur d'émerveillement dans les yeux de leur fille. À un degré plus viscéral, il percevait l'amour et la fierté de Kiara émanant de la toile.

— Je veux ces esquisses. Toutes sans exception.

Le désir d'approbation dans le regard de la jeune femme s'évanouit. Elle reprit son portable d'un geste brusque.

— Elles ne sont pas à vendre. Je ne laisserai personne acheter notre fille.

Deux heures plus tard, ils prenaient place à la meilleure table d'un restaurant panoramique offrant une vue époustouflante sur l'Acropole. Un auvent les protégeait du soleil et une brise légère soufflait de la mer au loin. Devant eux, le Parthénon se dressait dans toute sa gloire avec la ville blanche en toile de fond.

Kiara avait commencé à paniquer après son baiser avec

Val. Mais ce détour par un environnement familier l'avait aidée à recouvrer son calme. Curieusement, elle ne s'était pas sentie sous pression malgré la présence de Val. Il l'avait laissée faire son shopping à son rythme, sans la bousculer. Le revers était venu au moment de passer en caisse. Val avait insisté pour régler ses achats. Afin qu'elle se sente redevable, sans doute, ce qui était le cas.

À présent qu'ils avaient quitté son petit monde pour revenir au sien, sa nervosité reprenait le dessus. Elle avait beau s'être habituée au confort auprès de Niko, elle n'avait jamais adopté le mode de vie qui allait avec. Elle n'était pas une jet-setteuse avertie écumant les clubs à la mode et les soirées branchées sur les yachts de luxe. Elle s'était toujours sentie comme une invitée chez Niko. Rien n'était à elle.

Désormais, elle serait aussi une invitée dans la maison de sa fille, réalisa-t-elle. Et même cela n'était pas une certitude.

Elle jeta un regard furtif à Val. Des papillons frémirent dans son ventre. Il l'observait, les paupières mi-closes. Le jeu d'ombre et de lumière sur son visage donnait l'impression que celui-ci avait été taillé à la serpe.

— Tu aurais dû prendre tes nouveaux joujoux avec toi, remarqua-t-il.

Elle avait laissé ses achats dans la voiture.

— L'endroit est mal choisi. J'aurais sali la nappe. Mais merci, ajouta-t-elle avec un sourire timide. Entre la naissance d'Aurelia, le vernissage à préparer et le déclin de Niko, cela faisait longtemps que je n'avais plus eu un moment à moi.

À tel point qu'elle se sentait un peu désœuvrée. Elle consulta son portable posé à côté de son assiette.

— Toujours pas de nouvelles de Scarlett…

— Pourquoi perdons-nous notre temps ici ? pesta Val. C'est une grande fille. Elle est dans un excellent hôpital. Qu'attendons-nous pour aller chercher Aurelia et rentrer en Italie ?

Kiara cilla, interdite.

— Tu n'es pas sérieux ?

— Je ne dis pas que mettre un enfant au monde est facile. Mais des millions d'autres femmes l'ont fait avant elle. Personne ne peut l'aider.

— Eh bien, je suis contente que Scarlett ait été là plutôt que toi pendant mon accouchement, grinça Kiara. Si Javiero a autant d'empathie que toi, j'ai du souci à me faire pour elle.

— Attends... Tu aurais *voulu* que je sois là ?

Ses paroles semblaient avoir fait un choc à Val. Elle joua la carte du détachement.

— Un peu, j'imagine.

— Pourquoi ?

Il paraissait sincèrement abasourdi.

— Là, tout de suite, je me pose la même question, persifla-t-elle en acceptant le verre d'eau apporté par le serveur.

Val déclina la carte des vins et commanda une assiette d'amuse-gueules.

— Explique-moi, insistat-il lorsqu'ils furent de nouveau seuls. Je croyais que c'était par émotion ou curiosité morbide qu'un homme restait pendant l'accouchement. Quelle utilité peut avoir quiconque à part le personnel médical ?

— Tu plaisantes, là ?

Kiara était tellement choquée que son accent de Cork avait refait surface. Mais non. Visiblement, Val était on ne peut plus sérieux.

— Très bien. Laisse-moi te poser une question, dit-elle en croisant les bras. As-tu déjà été gravement malade ? T'es-tu déjà cassé quelque chose ? T'es-tu déjà senti impuissant au point de te sentir pris au piège dans ton propre corps ?

Un silence de plomb tomba entre eux. L'air s'était chargé d'une tension aussi soudaine qu'inexplicable. Val la dévisageait d'un regard à lui glacer le sang. La panique gagna Kiara, qui se tassa sur sa chaise. Qu'avait-elle bien pu dire pour provoquer chez lui un tel accès de rage ?

Cela ne dura que quelques secondes. La fureur de Val

s'évanouit aussi vite qu'elle était venue. Il tourna la tête vers la vue, son expression redevenue impénétrable.

— À quoi aurais-je servi si c'est ce que tu ressentais ? articula-t-il.

Kiara but une gorgée d'eau, le temps de se ressaisir après cette inquiétante parenthèse.

— Eh bien, c'est assez terrifiant, comme sensation, expliqua-t-elle.

Elle guetta sa réaction. Rien ne vint. Il aurait aussi bien pu avoir été sculpté dans le marbre en cet instant. Lorsqu'il reporta son attention sur elle, son visage était froid et distant, dénué de toute émotion.

— Je n'aurais rien pu changer à ce que tu traversais, énonça-t-il, laconique.

— Non, mais… Scarlett m'a tenu la main. Elle a supporté avec sang-froid et humour ce moment pas très glorieux. Je lui en suis infiniment reconnaissante. Être soutenue par le partenaire avec qui on a eu une intimité physique rend les choses moins gênantes. Les deux parents sont autant investis l'un que l'autre dans la naissance du bébé. L'accouchement devient un travail d'équipe… Scarlett aussi s'inquiétait pour la santé d'Aurelia. Mais pas comme moi. Je me suis sentie très seule. Qui d'autre que son père était capable de comprendre ce que je ressentais ?

Les yeux de Val ne quittaient pas les siens. Il semblait suspendu à ses lèvres, ce qui la troubla. Son attention absolue rendait l'expérience qu'elle relatait encore plus profonde et personnelle.

— Cela a duré des heures, continua-t-elle. J'étais à bout de forces, convaincue que je n'y arriverais pas. C'est là qu'elle est arrivée. On l'a posée sur ma poitrine. On aurait dit une petite grenouille toute fripée…

Les larmes lui montèrent aux yeux à ce souvenir.

— Scarlett était heureuse pour moi, bien sûr. Mais son père aurait été heureux *avec* moi. Toute ma vie, je m'étais toujours débrouillée seule. Elle était ma plus belle réussite, et c'était aussi à toi que je la devais. J'avais envie de te montrer ce miracle que nous avions créé ensemble.

Elle s'essuya les yeux avec sa serviette et lui jeta un regard d'avertissement.

— Je te préviens, encore un commentaire désobligeant et je m'en vais.

Mais Val ne dit rien et leur plateau de *mezze* arriva. Kiara en profita pour remettre de l'ordre dans ses émotions tandis que le serveur s'adressait à eux comme à des touristes. Il leur désigna tour à tour les *spanakopitas*, *dolmas*, boulettes d'agneau et poulpes grillés, avant de décrire les différents types de fromages et d'olives, ainsi que les ramequins de tzatziki, d'houmous et de tapenade dans lesquels tremper le tout. Lorsqu'il fut parti, Kiara sélectionna plusieurs mets qu'elle disposa dans sa propre assiette, imitée par Val.

— Voilà pourquoi je reste, conclut-elle. Si Javiero ne lui apporte pas le soutien dont elle a besoin, je veux être là pour Scarlett.

Val émit un petit rire qui en disait long sur ce qu'il pensait de son frère et de sa capacité à soutenir qui que ce soit. Kiara posa sa fourchette.

— Sont-ce tes préjugés qui parlent ou dois-je réellement m'inquiéter ?

— Javiero adore jouer les héros. Il fera le nécessaire.

Le cynisme de cette réponse était loin de rassurer Kiara. Mais elle comptait sur Scarlett pour l'appeler en cas de besoin.

— Es-tu contrarié qu'elle ait son enfant ?

Elle s'interrogeait sur les raisons de la haine opposant les deux frères. Comment en étaient-ils arrivés là ?

— Je ne lui souhaite pas malheur, si c'est ce que tu insinues.

— Pas du tout, protesta-t-elle. Scarlett est très attachée à notre fille, si tu veux savoir.

— Cela m'est égal, répondit-il sèchement. Mon opinion

sur Scarlett est ambivalente. Elle travaillait pour un homme que je haïssais. À ce titre, elle s'est souvent montrée insistante quand elle n'aurait pas dû, même si je préférais avoir affaire à elle plutôt qu'à mon père. Je ne me réjouis pas de sa souffrance. Mais je ne me réjouirai pas non plus de la naissance de son enfant. Quant à Javiero, il me laisse de marbre.

— Pourquoi les détestes-tu autant ? Ton frère et Niko...

Le regard de Val s'égara vers l'horizon. C'est ainsi qu'il lui était apparu, trois ans plus tôt, alors qu'elle esquissait l'un des nombreux ponts de Venise. La tentation de le dessiner avait été irrésistible. Il présentait tous les critères classiques de beauté masculine, à commencer par l'aura de virilité qu'il dégageait. Les traits ciselés et réguliers, les épais sourcils, la mâchoire volontaire renvoyaient une image de force et d'absolue confiance en soi. Sa bouche sensuelle était à elle seule une invitation au vice. Il ne se souciait de rien ni personne, à en juger par ses cheveux ébouriffés et sa barbe de trois jours.

Valentino Casale était un homme en pleine possession de lui-même, à la fois captivant et hors d'atteinte.

— Niko a attendu le tout dernier moment pour rompre avec ma mère, révéla-t-il. Certes, n'importe quelle autre femme serait partie d'elle-même suite aux fiançailles de son amant. Mais elle a continué à le pourchasser et il l'a laissée faire.

— Ton père m'a dit qu'elle avait arrêté la pilule à son insu, dit Kiara. Qu'elle espérait tomber enceinte avant son mariage pour qu'il l'épouse à la place de Paloma. Aimait-elle Niko ?

Val eut un ricanement cynique.

— Non, elle n'en avait qu'après son argent. Niko cherchait une épouse docile et respectable, à la dot bien fournie. Mais quand ma mère lui a brandi son test positif sous le nez, il s'était déjà appliqué à concevoir un héritier avec Paloma.

Sa grossesse a été confirmée dans les jours qui ont suivi leur retour de lune de miel.

— Elle a divorcé en apprenant que ta mère était enceinte, n'est-ce pas ? Pourquoi Niko ne l'a-t-il pas épousée, à ce moment-là ?

— C'était l'objectif de ma mère, confia Val. Mais Niko savait qu'elle ferait valoir cet avantage sur Paloma. Alors il a décidé de nous reconnaître tous les deux comme ses héritiers et de nous élever sur un « pied d'égalité ».

Il dessina des guillemets dans l'air en prononçant ces derniers mots.

— Ma mère et Paloma se sont vu toutes les deux offrir une maison et une rente. Paloma était verte de rage, car elle aurait eu droit à beaucoup plus si elle était restée mariée. Mais comment aurait-elle pu après une telle humiliation ?

— Aurais-tu préféré que Niko épouse ta mère ? demanda Kiara.

— J'aurais préféré qu'il coupe les ponts avec elle au lieu de poursuivre leur liaison, gronda Val. Il aurait pu la payer pour qu'elle s'en aille. Mais non, il a fallu qu'il me désigne comme l'égal de Javiero et lui agite sous le nez la promesse de l'héritage. Il nous a envoyés dans le même pensionnat, Javiero et moi, où le fils légitime était hissé sur un piédestal pendant que le bâtard se faisait tyranniser par l'administration et les autres élèves. J'aurais préféré que mon père choisisse Javiero au lieu de laisser nos mères s'écharper sur la question de qui mérite d'hériter. Javiero est le fils légitime, mais je suis l'aîné de deux jours. Chacune s'accroche à ce genre de détail idiot.

Kiara n'en croyait pas ses oreilles.

— La moitié revenant à Aurelia est déjà une somme faramineuse, observa-t-elle. Quel intérêt de se battre pour l'intégralité ?

— Elles se battaient pour *lui*, Kiara. Et il adorait cela. La jalousie de ma mère, ses jeux de séduction quand il était fiancé, la guerre ouverte entre son ex-femme et sa maîtresse… Tout cela flattait son ego. Javiero et moi aussi en avons fait les frais. Nos mères nous poussaient chacun à devenir son favori. Il nous a envoyés dans la même école sous prétexte d'égalité, mais nous comparait sans cesse. Javiero s'attirait ses foudres si je le surpassais en maths. Puis c'est moi qui me prenais un savon si Javiero me battait à la course, même d'un cheveu. J'ai vécu trois années d'enfer à essayer d'être à la hauteur, sans jamais savoir ce qu'il attendait de moi.

Cela ne ressemblait pas au Niko que Kiara avait connu. Mais il n'avait eu qu'une petite-fille, à ses yeux la huitième merveille du monde. C'est vrai qu'il avait paru furieux que ses fils aient déjoué ses plans en le forçant à les déshériter tous les deux. Kiara avait eu le sentiment qu'il ne savait comment s'y prendre pour amorcer une réconciliation. Mais à bien y réfléchir, le seul tort qu'il s'attribuait était d'avoir accordé trop d'influence à Paloma et Evelina. Jamais elle ne l'avait entendu reconnaître ses erreurs en tant que père ou exprimer des remords pour ses actions. Sans doute eût-ce été un premier pas.

— Je pensais que tu n'étais qu'un gamin gâté, admit-elle. Affirmer que tu avais eu le luxe de rejeter Niko était injuste de ma part.

— Justice et équité sont des notions dont mon père avait une définition toute personnelle.

— Est-ce pour cela que tu t'es rebellé ?

— Oui, dit-il avec une satisfaction acerbe. Ma mère m'imposait des shootings photo depuis ma naissance. À treize ans, j'étais un adolescent empli de colère. Un jour, j'ai piqué une crise comme elle-même le faisait si souvent. Cela a été libérateur. En agissant comme si j'avais perdu le contrôle, je l'ai regagné. Tout le monde s'est mis à me promettre monts et merveilles. J'ai exigé que mes cachets soient versés sur un compte personnel et non plus celui de ma mère. Elle a bien failli me renier et s'en est plainte à Niko, bien sûr.

— Quelle a été sa réaction ?

— Si je voulais travailler, autant que je le fasse pour lui. Javiero et moi étions expédiés à la tour Mylonas à chaque période de vacances. L'expérience m'a appris l'importance d'engager un bon gestionnaire et de surveiller ce qu'on fait de mon argent. Elle n'a donc pas été une pure perte de temps. Mais disposer de mon propre capital m'a permis d'envoyer paître Niko. Au fil des années, nos rapports n'ont cessé de se dégrader, jusqu'à ce jour où je t'ai rencontrée à Venise.

Après quoi, il avait épousé la fille du plus grand rival de son père, scellant une rupture que rien ne devait réparer. Kiara savait que Scarlett avait prévenu Val de la maladie de Niko. Celui-ci avait ignoré toutes ses invitations et n'était jamais venu voir le vieil homme.

— Ne regrettes-tu pas de ne pas t'être réconcilié avec lui ? demanda-t-elle doucement.

— Non.

— Même s'il n'était pas l'unique responsable ? Ta mère y est aussi pour quelque chose, non ? Pourquoi avoir coupé les ponts avec Niko, mais pas avec elle ?

Val réfléchit, assez longtemps pour faire douter Kiara de l'entière sincérité de sa réponse.

— Jusqu'à aujourd'hui, j'étais sa garantie d'accès à la fortune de Niko. Elle a donc surveillé sa conduite. Mais tous ses espoirs viennent de s'envoler en fumée. Si nous nous marions, elle deviendra notre pire cauchemar.

— Et j'élèverai ma fille avec un inconnu en qui je n'ai aucune confiance. Mon Dieu, comment résister ? ironisa Kiara.

— Impossible, n'est-ce pas ? Le sarcasme est notre langue secrète. Nous sommes quasi des âmes sœurs.

Sa remarque était une pure moquerie, mais le cœur de Kiara fit un salto dans sa poitrine. Trouver l'âme sœur.

Construire une vraie relation avec quelqu'un, durable et sincère. Ne lui arrivait-il pas d'en rêver, elle aussi ?

Elle se resservit en *mezze* pour mieux dissimuler son trouble.

— Le mariage n'a jamais été mon but, affirma-t-elle. Adolescente, je regardais les jolies filles se faire draguer en me demandant ce que cela ferait d'être à leur place. Mais les rares fois où je suis sortie avec des garçons, je n'avais qu'une hâte, retourner dessiner. Je crois que je ne suis pas faite pour les relations sérieuses.

— Là aussi, tu préférerais aller retrouver tes crayons et ton cahier à dessin ? s'enquit Val.

— Est-ce un rendez-vous galant ? repartit-elle du tac au tac.

— Si tu poses la question, c'est que je m'y prends mal.

Le regard incandescent qu'il promena sur ses lèvres, puis ses seins, était une invitation sans équivoque. Son cœur s'affola un peu plus.

— Je suis accro au travail, admit-elle. Le temps que je ne passe pas avec Aurelia, je le consacre à ma production artistique. Mais notre fille reste ma priorité absolue. C'est pour elle que nous sommes là, il s'agit donc d'un repas d'affaires.

— Nous allons nous marier. Cela commence en général par un rendez-vous, argua Val.

Et conduisait le plus souvent à…

— Je n'imaginais pas que tu me demanderais en mariage, éluda-t-elle, les joues en feu.

— À quelle réaction t'attendais-tu ?

— À de la colère, au sujet de l'argent. Je pensais que tu voudrais te battre pour le récupérer. Ou peut-être que tu m'en voudrais d'avoir mis au monde notre fille et t'en laverais les mains.

— Je suis en colère, c'est vrai. Quand nous serons mariés, fini les secrets, décréta-t-il. L'argent de mon père peut bien finir au fond de la mer. Quels que soient tes besoins, j'y subviendrai. Je ne veux plus que tu aies le moindre lien avec lui, compris ?

Devant son air implacable, Kiara s'abstint de mentionner qu'elle avait reçu des ordres similaires de la part de Niko le concernant.

Elle baissa les yeux sur son assiette.

— Écoute, c'est important pour moi que tu veuilles rencontrer notre fille. Mais le mariage…

— Kiara, la coupa-t-il. Je suis la dernière personne à me plier aux conventions. Le mariage est une construction sociale idiote et inutile, mais qui compte aux yeux du monde. Être un enfant illégitime a été un enfer pour moi. On me l'a fait payer, même si ce n'était pas ma faute. Je refuse d'infliger la même épreuve à notre fille, alors qu'il est si simple d'y remédier. Faire d'Aurelia mon héritière ne suffit pas. Toi et moi devons nous marier.

La poitrine de Kiara se serra. Elle comprenait mieux ses motivations, à présent, et s'en voulait d'autant plus de lui avoir caché l'existence de leur fille. De là à l'épouser…

— Est-ce suffisant pour toi qu'Aurelia sache juste qui je suis ? insista-t-il d'une voix suave. Où était ton père quand ta mère est décédée ? Pourquoi es-tu devenue orpheline ?

Touchée. Tous les gens étaient égaux. Mais cela ne comblait pas le vide dans votre vie, ni n'empêchait les autres de vous juger.

— J'ignore qui est mon père, reconnut-elle en bloquant au mieux ses émotions. Peut-être attendait-elle que je sois plus grande pour m'en parler. Tout ce qu'elle m'a dit était qu'elle l'aimait et qu'il finirait par revenir. Mais ce n'est jamais arrivé. Après sa mort, j'ai prétendu être orpheline pour ne pas avoir à révéler que mes parents n'étaient pas mariés, même si personne ne m'a jamais persécutée pour cela.

Non, on l'avait plutôt prise en pitié du fait qu'elle n'ait absolument aucune famille. Mais l'inexistence de son père s'était fait ressentir d'autres façons, plus subtiles. Elle s'était parfois dit que porter son nom aurait déjà été quelque chose. Une infime connexion.

— Peut-être pourrions-nous nous marier pour la forme, concéda-t-elle avec prudence. Et divorcer après un an ou deux…

— Non, refusa-t-il catégoriquement. Un seul divorce me suffit. Mais surtout, je ne veux pas que l'histoire se répète et qu'Aurelia se retrouve prise entre deux feux. Je ne te laisserai pas la monter contre moi.

— Le fait que tu me croies capable d'une telle bassesse prouve que nous marier n'est pas une bonne idée, répliqua Kiara, blessée dans son ego. Peux-tu vivre avec quelqu'un en qui tu n'as aucune confiance, toi ? Moi non.

L'ombre d'un sourire étira ses lèvres.

— Au moins, tu ne manques pas d'humour.

— Erreur, je suis ennuyeuse à mourir, le détrompa-t-elle. Je me fiche de la mode et de l'actualité. Je n'aime que les romans à l'eau de rose et les comédies romantiques. Pas vraiment ton style, je parie ? Mon seul sujet de conversation dans les soirées mondaines est mon processus créatif, que je déteste décrire de peur que cela me porte malheur. En fait, si tu m'épouses, prépare-toi à deux plaintes majeures : la météo qui m'empêche d'aller peindre en plein air et les devoirs d'Aurelia. Car, oui, ce sera ton domaine. J'étais bien trop mauvaise à l'école pour m'en charger.

— Les soirées mondaines, c'est très surfait.

Il se laissa aller contre le dossier de sa chaise, imperturbable.

— Et je devrais pouvoir gérer les devoirs. Tu vois ? On progresse. De mon côté, je voyage beaucoup. Vois-le comme un atout. Tu étais venue à Venise en quête d'inspiration, non ?

Il se souvenait de cela ? Elle avait déjà été stupéfaite qu'il se rappelle son nom, alors ce genre de détail… Elle s'autorisa un instant à imaginer à quoi un mariage avec Val pourrait ressembler.

— Si mon vernissage se passe bien, c'est vrai que j'aurai besoin de nouvelles idées, convint-elle. Nous pourrions voyager avec toi jusqu'à ce qu'Aurelia entre à l'école.

— Quelle différence, puisqu'elle ira en pensionnat ?

— Ce que tu es adorable quand tu as tort…

Elle planta sa fourchette dans une boulette d'agneau, tout en jaugeant la réaction de Val. Une chose était sûre, elle ne céderait pas d'un pouce sur ce terrain.

— Aurelia ira dans une école normale, décréta-t-elle. Je n'ai pas encore choisi laquelle.

— Et toi, tu es sexy quand tu deviens agressive…

Il lui vola sa fourchette et ne fit qu'une bouchée de la boulette.

— Cela me plaît. Mais tu le sais déjà.

« Chevauche-moi. »

Quand elle avait rencontré Valentino Casale, Kiara savait comment le sexe fonctionnait, en théorie. Mais elle ignorait qu'elle pouvait prendre le contrôle de l'acte et en retirer du plaisir. Une onde brûlante la traversa à ce souvenir.

Cette nuit-là, ils avaient déjà fait l'amour deux fois et ses muscles intimes commençaient à l'élancer, mais son assurance toute neuve avait pris le dessus. Elle s'était mise à caresser et mordiller Val en l'implorant : « Encore une fois, s'il te plaît », jusqu'à ce qu'il la positionne sur lui. « Chevauche-moi, l'avait-il encouragée. Comme cela, je ne te ferai pas mal. »

L'expérience avait été inouïe pour tous les deux, déterminée qu'elle était à donner et éprouver un maximum de plaisir. Envahie par une incroyable sensation de plénitude, elle était retombée sans forces sur son torse, le cœur battant à l'unisson du sien…

— À quoi penses-tu, chérie ?

Son ton était exagérément intime. Il savait très bien à

quoi elle pensait. Sans doute l'avait-il fait exprès, pour la désarmer après la façon dont elle s'était rebellée. Ses joues s'empourprèrent de honte.

— Pourquoi moi ? demanda-t-elle à brûle-pourpoint.

Cette question la tracassait depuis trois ans.

— D'après les médias, tu détestais le mannequinat et as tout arrêté dès que tu as eu les moyens de te lancer dans les affaires. Alors pourquoi avoir offert de poser pour moi ?

— Pour t'attirer dans ma chambre d'hôtel, répondit-il comme si c'était une évidence.

— Mais *pourquoi* ? Je sais maintenant que tu ne m'as pas payée pour le sexe. Les femmes que tu fréquentes habituellement sont des P-DG ou des jet-setteuses. Pas des étudiantes en art fauchées, un peu rondes et sans la moindre sophistication.

— Qui insultes-tu, au juste ? Toi ou moi ?

— Je suis lucide, Val. J'ai mal vécu d'être le vilain petit canard, enfant, mais plus maintenant. Les femmes quelconques ne sont pas ton genre, admets-le. Celles qui te faisaient de l'œil au restaurant étaient toutes sublimes. Alors pourquoi me choisir moi ? Pour le plaisir de déflorer une vierge ?

— *Quoi ?*

Il avait parlé si fort que plusieurs têtes se tournèrent vers eux aux tables voisines. Avec une grimace agacée, il baissa d'un ton.

— Comment diable aurais-je pu le savoir ?

— C'était évident, non ?

Même si l'acte ne lui avait pas vraiment fait mal. Elle était si excitée que le bref inconfort de la pénétration l'avait plus stimulée qu'autre chose.

— Tu prenais la pilule, lui rappela-t-il. Qu'étais-je censé croire ? Es-tu en train de me mener en bateau ?

Kiara haussa les épaules.

— Pourquoi te mentirais-je ?

— À toi de me le dire.

Il se leva abruptement et jeta quelques billets sur la table.

— Nous reprendrons cette discussion ailleurs.

— À l'hôpital ?

— Pour que Javiero et moi comparions comment on en est arrivés à la même situation ? Hors de question.

— Il y a un jardin à côté. C'est calme à cette heure. J'aimerais vraiment prendre des nouvelles de Scarlett.

Val se laissa fléchir. Dix minutes plus tard, ils franchissaient les grilles en fer forgé du parc, un havre de verdure où les familles faisaient prendre l'air à leurs proches hospitalisés. Kiara y était déjà venue avec Niko. Mais aujourd'hui, aucune petite main potelée ne serrait la sienne. Aurelia n'était pas là pour sautiller d'un pas incertain sur le bord de la fontaine en pierre. Kiara poussa un soupir mélancolique. Sa fille lui manquait. Elle se sentait perdue sans elle.

À ses côtés, Val s'éclaircit la gorge.

— Ce soir-là, quand je t'ai emmenée dans ma chambre et me suis déshabillé… C'était un prélude à plus qu'une simple séance de pose. Une invitation à voir où les choses nous menaient. Je pensais que tu étais d'accord.

— Je savais ce que je faisais, confirma Kiara.

— Mais tu m'as laissé te séduire alors que tu étais vierge. Pourquoi ?

La méfiance perçait dans sa voix. Son hostilité, momentanément oubliée ces dernières heures, était de retour, au grand dam de Kiara.

— J'étais flattée, confessa-t-elle. Je n'ai pas l'habitude d'être accostée par des hommes séduisants…

— Cesse de te dévaloriser.

Elle ferma les yeux et prit une grande inspiration.

— Ne crois pas que je cherche à me faire mousser. Je t'assure, cela me convient d'être une fille banale. Je suis gourmande et préfère peindre plutôt que faire de l'exercice.

Pour être honnête, la vie de mannequin n'a pas l'air d'être une sinécure.

— En effet, confirma Val. La plupart des gens dans ce métier souffrent de troubles de l'alimentation. Si ma mère est aussi folle, c'est parce qu'elle est constamment en état d'hypoglycémie.

— Et toi ? questionna-t-elle. Ton charme est-il naturel ou cache-t-il lui aussi une part d'ombre ?

L'avertissement dans ses yeux bleu acier la réduisit au silence. Voilà pourquoi elle se retranchait derrière sa toile et son chevalet. Même quand elle essayait de s'affirmer, elle se faisait remettre à sa place d'un seul regard.

— C'est vrai que je déteste le mannequinat, poursuivit-il comme si de rien n'était. Quand j'ai vu que tu me dessinais, j'ai pensé que tu m'avais reconnu et failli m'en aller. Mais ton intensité a piqué ma curiosité. J'avais envie d'en savoir plus, alors je t'ai abordée.

Après avoir gracieusement joué les statues pendant vingt minutes, il s'était approché d'elle et lui avait lancé : « Les modèles ont droit à un dédommagement. Invitez-moi à dîner. » En fin de compte, c'est lui qui l'avait invitée. Une chance, car il avait choisi l'un de ces cafés huppés avec terrasse qui facturaient le cadre plus que la nourriture.

Ses yeux errèrent sur elle comme ce soir-là. Quand il la regardait ainsi, elle se sentait incroyablement féminine. Désirable et désirée.

— Tu aurais dû me dire que c'était ta première fois.

— Aurais-tu quand même voulu ?

— Oui.

La réponse était venue sans l'ombre d'une hésitation.

— Mais pas trois fois de suite, ajouta-t-il. Je t'ai fait mal ?

Eh bien, l'accouchement n'avait pas été une partie de plaisir, si on allait par là…

— Non, tu as été un parfait gentleman, assura-t-elle. Si on oublie cette histoire d'argent sur la table de nuit…

— « Un parfait gentleman ». Est-ce qu'on parle toujours de moi ? plaisanta Val.

Kiara sourit. Enfin, elle retrouvait l'homme d'il y a trois ans. Celui qui la faisait rire et lui donnait confiance en son talent, sexy en diable avec ses larges épaules et son sourire pénétrant. Il lui en faudrait peu pour retomber dans ses bras.

— C'est pour cela, Kiara, que je t'ai abordée, susurra-t-il d'une voix rauque.

L'espace d'une seconde, elle se sentit en parfaite symbiose avec lui. Ils étaient égaux et opposés. Le yin et le yang. *Deux âmes sœurs.*

— Quoi ? souffla-t-elle, suspendue à ses lèvres.

— Cette alchimie entre nous.

Son froncement de sourcils rompit la magie de l'instant.

— As-tu eu d'autres amants ? demanda-t-il d'un ton suggérant qu'il n'était pas sûr d'aimer la réponse.

Elle baissa les yeux sur ses chaussures, rouge d'embarras.

— J'ai eu trop à faire pour actualiser mon profil sur les sites de rencontre.

Un silence incrédule suivit cet aveu à demi-mot.

— Alors il n'y a eu que moi, il y a trois ans, résuma-t-il après un moment. C'est toute l'étendue de ton expérience. Pourtant, tout à l'heure, tu m'as embrassé comme si…

Il secoua la tête sans terminer sa phrase.

— Je ne suis pas un homme décent, Kiara. Tu le sais, n'est-ce pas ? Je n'hésiterai pas à me servir de cette attraction pour te mettre dans mon lit et te passer la bague au doigt.

Il parlait comme ces méchants de dessins animés qui révélaient leur plan diabolique au héros, sûrs de leur pouvoir. Kiara n'était pas certaine d'avoir envie de le combattre. L'idée qu'on la pourchasse et prenne possession d'elle excitait la femme primitive en elle. Mais cet impératif vieux comme le monde de soumission au mâle servait un but naturel, qui lui tenait à cœur à elle aussi.

— Je peux te poser une question ? Veux-tu d'autres enfants ?

— Non, assena-t-il, catégorique.

Pour Kiara, ce fut la douche froide. Val plissa des yeux interrogateurs.

— Toi, oui ?

Elle hocha la tête.

— J'ai détesté être fille unique, murmura-t-elle.

— Et j'ai détesté avoir un frère, rétorqua Val.

— Toi et Javiero avaient été montés l'un contre l'autre dès votre plus jeune âge, objecta-t-elle, résolue à le convaincre. Lui as-tu déjà donné une seconde chance ?

— Non. Et cela ne risque pas d'arriver.

De nouveau, Kiara accusa le coup. Son cœur était déchiré en deux, partagé entre lui et Aurelia. Entre le passé et l'avenir. C'était sa volonté contre celle de Val.

— Et notre fille, tu y penses ? persista-t-elle.

La mâchoire de Val se crispa.

— Voilà pourquoi je ne veux pas d'autres enfants. Tu te sers déjà d'elle pour me manipuler.

— Te manipuler pour quoi ? Te réconcilier avec ton frère ? C'est entre lui et toi, s'impatienta Kiara. Mais en tant que mère, je veux transmettre certaines valeurs à notre fille, comme le pardon et la bienveillance. Si la haine est tout ce que tu as à lui apprendre, alors non. Tu n'as pas le droit d'être son père.

Un muscle tressauta sur la joue de Val. Kiara fut prise de remords.

— Être père, c'est plus que lui donner un nom, une jolie chambre et trois repas par jour, reprit-elle d'une voix radoucie.

Au fond, elle éprouvait de la compassion pour lui. Si sa vie avait été solitaire, celle de Val frôlait le désert affectif.

— Si tu veux m'épouser, tu dois être prêt à forger une vraie relation avec Aurelia. Ce serait cruel de la laisser s'attacher à toi si ce n'est pas réciproque. Tu le sais. Elle a besoin d'amour, de respect et d'affection. Alors tu vas devoir apprendre à écouter et faire des compromis. Tout ce qui a manqué entre toi et Niko, pas vrai ? C'est pour cela que tu es devenu aussi cynique et insensible…

Elle leva le menton, les yeux plantés dans les siens.

— Je ne te laisserai pas empoisonner son cœur, Val. Je refuse qu'elle devienne comme toi.

4.

Va-t'en. Pars sans te retourner.

— Je passe voir comment va Scarlett, dit Kiara.

Val la regarda s'éloigner dans la direction de l'hôpital sans bouger. Se sentait-il manipulé ? Oui. Aurelia devenait un levier contre lui et il détestait céder le moindre avantage. On l'avait déjà manipulé, enfant. Exploité. Chosifié. On lui avait menti. Niko l'avait abandonné au moment où il avait eu le plus besoin de lui. Alors oui, il était cynique et insensible. Il allait de l'avant en compartimentant sa vie et ne se souciait de rien ni personne. Ouvrir son cœur, c'était se placer en position de faiblesse et donner à ses ennemis les armes pour le détruire.

Mais le fait est qu'il tenait déjà à sa fille. Une force inconnue s'était emparée de lui au son de la voix d'Aurelia. Il avait éprouvé d'instinct le besoin de la protéger, en particulier des tyrans auxquels lui-même avait eu affaire enfant. Hélas, sa seule présence dans la vie de la fillette l'exposerait au monde corrompu dont il était issu. Le meilleur moyen de la protéger était de s'en aller.

Ses pieds restèrent cloués au sol.

Pourquoi ? Kiara avait les moyens de subvenir aux besoins d'Aurelia. C'était une femme forte. Ne l'avait-elle pas prouvé en lui tenant tête ? Quand il était question de leur fille, elle devenait une tigresse bravant toutes les menaces. Jamais elle ne lui avait paru aussi belle. Et puis… il y avait leur baiser. Leur alchimie sexuelle n'avait pas diminué d'un pouce. Sa passion et sa franchise l'attiraient aussi inexorablement que ce fameux soir où il l'avait rencontrée pour la première fois.

« Je refuse qu'elle devienne comme toi. »

Il passa avec lassitude la main dans ses cheveux. Peut-être était-il trop tard pour être le père que sa fille méritait. Mais une chose était sûre : il n'avait pas la force de s'en aller.

Kiara patientait dans le hall de l'hôpital, en quête de quelque chose à dessiner. Elle était passée récupérer son cahier et ses crayons dans la voiture en prévision de l'attente. À la réception, on lui avait promis de se renseigner sur Scarlett.

Un couple âgé ainsi qu'une femme et son enfant occupaient également la salle d'attente. La fenêtre donnait sur une petite cour et une luxuriante plante verte trônait dans un coin. Mais non, rien ne l'inspirait. Ses pensées revenaient sans cesse vers Val et toutes les expressions qui avaient traversé son visage, ces dernières heures. Elle revoyait ses pommettes saillantes, sa mâchoire crispée, le dessin sensuel de ses lèvres et les longs cils noirs frangeant son regard d'acier. Sa gorge se noua.

Elle se sentait si stupide d'avoir osé espérer. Non, flouée. Au fond d'elle, elle s'était persuadée que Scarlett et Niko se trompaient sur Val. Il avait beau être un redoutable requin des affaires au sarcasme facile, cela ne faisait pas de lui un monstre, si ? Elle avait besoin de croire qu'il avait un cœur et qu'il était capable de l'ouvrir à sa fille. Et peut-être un peu à elle, aussi.

Mais elle comprenait, maintenant. Val était un homme brisé derrière une carapace impénétrable. Il méprisait l'humanité tout entière et n'éprouvait aucune compassion. C'était si triste. Ce dont il avait besoin, c'était d'être aimé sans condition. Sans sa fille à protéger, peut-être s'y serait-elle essayée. Mais Aurelia passait avant tout.

Zut. De lui-même, son crayon avait esquissé ses épaules

nues, recréant l'instant précis où Val avait tourné la tête vers elle pour lui proposer de faire l'amour. Son cœur s'était emballé. À croire qu'il avait lu dans ses pensées. Le caresser des yeux ne lui suffisait déjà plus. Comment résister à une telle invitation ?

Trois ans plus tard, il se jouait de ses défenses avec la même aisance que ce soir-là. Était-ce à cause de son inexpérience ? De cette alchimie qu'il avait évoquée, entre eux ? Elle ne savait qu'en penser. Val possédait une libido très active. Elle, non. Enfin, sauf en sa présence, où elle se transformait en véritable nymphomane.

Les joues en feu, elle tourna la page afin de cacher son ébauche de dessin. Le glissement caractéristique des portes d'entrée lui fit relever la tête. Deux yeux bleu-gris happèrent instantanément les siens. Le cœur de Kiara bondit dans sa poitrine.

Val.

Ne te fais pas d'idées, se sermonna-t-elle. Mais pourquoi l'avait-il suivie ? Comment interpréter la gravité de son expression ?

Dans cette atmosphère chargée de tension, les portes d'un ascenseur s'ouvrirent et un bruit de pas approcha. Val se raidit, tel un animal flairant le danger. Kiara le vit tourner la tête et son regard se durcir. Un frisson la parcourut. Il avait tout d'une bête féroce prête à passer à l'attaque. L'animosité dans l'air était si palpable que Kiara se leva d'un bond. Le couple âgé avait dû la percevoir aussi car ils lui lancèrent un regard inquiet lorsqu'elle passa devant eux.

Javiero.

Elle l'avait déjà vu en photo. Mais rien n'aurait pu la préparer à l'aura de danger qu'il dégageait. Il était un peu plus grand que Val, un peu plus large d'épaules aussi. Des cicatrices rouges striaient sa gorge, séquelles de son attaque par un jaguar. Les deux frères se mesuraient du regard, pareils à deux fauves guettant leur chance de sauter à la gorge de l'autre.

Soucieuse de désamorcer la situation, Kiara s'interposa avec son plus beau sourire.

— Ravie de vous rencontrer, Javiero. Je suis Kiara.

Elle tendit sa main. Mais, rapide comme l'éclair, Val lui agrippa le poignet et la poussa sans ménagement derrière lui, sans rompre le contact visuel avec son frère.

— Bon sang, Val, il ne va pas me manger, grommela-t-elle en tentant de se dégager.

— Pas de commentaire ? le nargua Javiero. Aucune platitude à me débiter sur mon apparence ?

Val irradiait d'inimitié. Il la maintenait dans son dos d'un bras de fer, la mâchoire serrée. C'est tout juste si elle n'entendait pas ses dents grincer.

Abandonnant tout espoir de se libérer, elle se tortilla afin de voir Javiero.

— Comment va Scarlett ? demanda-t-elle.

— Elle dort.

— A-t-elle accouché ? Est-ce un garçon ou une fille ?

— Un garçon.

Val et son frère continuaient à se foudroyer du regard.

— Quel bonheur ! Félicitations ! s'exclama Kiara.

Elle pinça Val pour lui signifier de desserrer son étreinte. Sans succès.

— Tout s'est bien passé ? Pas de complications ?

— Aucune, fut la réponse monosyllabique.

Les hommes… Cette fois, elle tenta de déséquilibrer Val pour rompre leur duel visuel. Autant essayer de faire bouger un mur en béton.

— Avez-vous déjà choisi le prénom ?

— Non.

— J'adorerais voir le bébé, dit-elle d'une voix presque implorante.

— Non.

Seigneur, n'avait-il que ce mot à la bouche ? Il eut un haussement de sourcil, pour signifier qu'il refusait par pure malice envers son frère.

Kiara eut soudain l'impression que Val avait doublé de carrure. Ses muscles étaient si contractés que sa chemise menaçait de craquer. Alors qu'elle le croyait prêt à bondir sur Javiero, il se contenta de siffler entre ses dents :

— Je reste ici. Laisse-la monter.

— Non.

Javiero transpirait la suffisance. Val carra un peu plus les épaules, les poings serrés. La situation risquait de dégénérer d'une seconde à l'autre. D'instinct, Kiara noua les bras autour de Val et serra de toutes ses forces.

— Ce n'est pas grave, déclara-t-elle bien que le refus de Javiero lui fît de la peine. Il se fait tard. Vous devez avoir envie de vous reposer. Embrassez Scarlett et votre fils pour moi. Et qu'elle n'hésite pas à m'appeler si elle a envie de bavarder.

Javiero ne promit pas de transmettre son message. Sans un mot, il tourna les talons et s'en alla.

La pression du corps voluptueux dans son dos se relâcha. Val mit quelques secondes avant de se décider à libérer Kiara. Son cœur cognait à tout rompre et tous ses muscles l'élançaient sous l'effet de l'adrénaline. La jeune femme poussa un soupir.

— Je vais chercher mes affaires, dit-elle.

Il la regarda récupérer son cahier et ses crayons dans la salle d'attente, puis la suivit dehors. Il aurait dû s'en aller. Que croyait-il accomplir en venant ici ?

Même s'il avait assuré le contraire, Javiero continuait à l'affecter. Le voir avait ravivé en lui de vieilles rancœurs, passé le choc initial de son apparence. Ses blessures à la gorge étaient plus graves qu'il ne l'avait anticipé. De là à le prendre en pitié, non. Javiero était toujours le même sale type qu'il avait rayé de sa vie. Et après des années à combattre sa volonté de domination, voilà qu'aujourd'hui il avait dû se soumettre, la queue entre les jambes ! Le refus de Javiero de laisser Kiara voir le bébé avait été un acte de pure malveillance. C'était lui qu'il cherchait à atteindre et il avait réussi.

À cause de Kiara, Val avait désormais une faiblesse, que Javiero n'avait pas mis longtemps à cerner. Étrange… Ce n'était pas comme s'il tenait à la jeune femme. Mais elle aurait voulu qu'il soit présent à son accouchement et cet aveu l'avait remué malgré lui. Toute la journée, elle s'était inquiétée pour son amie. Rien d'étonnant à ce qu'elle ait besoin d'être rassurée. Pourtant, il avait été impuissant à forcer Javiero à accéder à sa demande, alors même qu'il n'avait que faire de Scarlett et du bébé. Voilà pourquoi il détestait la Grèce. Il n'y avait jamais de bonne réponse pour lui, ici.

— Un problème ? demanda Kiara, les sourcils froncés.

Elle fixait son poing crispé sur le capot de la voiture.

— Scarlett n'a pas besoin de toi. Allons-y, décréta-t-il.

— Mais…

— Il ne te laissera pas la voir, Kiara. Récupérons Aurelia et partons pour l'Italie. Une fois là-bas, nous nous marierons le plus tôt possible.

— Je n'ai jamais dit que j'étais d'accord ! protesta la jeune femme avec véhémence.

Elle le dévisageait avec insistance, en quête d'une réponse à une question qu'elle n'avait nullement besoin de formuler.

« Je refuse qu'elle devienne comme toi. »

— Je n'ai pas fini ce que le jaguar avait commencé, pas vrai ?

Et ce n'était pas faute d'avoir été provoqué.

— Ce n'est pas moi qui t'empêche de voir ton amie et son bébé. J'ai bien compris ce que tu m'avais dit, à propos d'Aurelia et de sa confusion suite à la disparition de Niko. Crois-moi, je suis totalement investi.

Kiara relâcha son souffle, sans pour autant monter dans la voiture. Il savait ce qu'elle attendait de lui. La promesse de construire une vraie relation avec leur fille. D'être un meilleur père que le sien. Avec la barre placée si bas, quoi de plus facile ?

— Je ferai de mon mieux, Kiara, concéda-t-il à contre-cœur. C'est mon meilleur compromis. Personne n'a jamais obtenu autant de moi. Vois-le comme une victoire.

Kiara n'avait pas l'impression d'avoir gagné. Au contraire, elle était en train de perdre le peu d'indépendance qu'il lui restait. Elle savait que sa vie changerait après la mort de Niko et qu'il lui faudrait se confronter à Val. Mais le savoir ne l'avait pas préparée à ce qui lui tombait dessus.

Peut-être s'était-elle trop habituée à se réfugier derrière son art. À peindre le quotidien à grand renfort de lignes douces et de couleurs vives pour le rendre plus supportable. Cette technique la laissait sans défenses quand la réalité la rattrapait. Elle n'était pas aussi forte qu'elle aimait à le penser. Scarlett était sa béquille, mais elle n'était pas là aujourd'hui. La reverrait-elle un jour ? Elle avait déjà perdu Niko. Allait-elle perdre aussi sa maison et sa meilleure amie ?

Mais quelle alternative avait-elle ? Peut-être parviendrait-elle à l'emporter après une longue bataille contre Val. Mais cela ne profiterait à personne, et c'est Aurelia qui en paierait le prix. Si Val était prêt à faire des concessions pour leur fille, ne devait-elle pas en faire autant ?

Elle réussit à faire bonne figure jusqu'à leur retour à l'hôtel, où elle s'isola dans sa chambre au prétexte de se refaire une beauté. Sitôt la porte fermée, elle se jeta sur le lit et enfouit le visage dans l'oreiller pour étouffer les sanglots qui lui montaient à la gorge.

C'était seulement sa deuxième rencontre avec Val. Les deux fois, il avait mis sa vie sens dessus dessous. Alors qu'attendre d'un mariage avec lui ? Non, c'était impossible. Et pourtant… elle en mourait d'envie, ce qui la terrifiait encore plus.

Un coup à la porte suivi par la voix grave de Val la fit tressaillir. Elle se redressa précipitamment.

— Quoi ? bredouilla-t-elle.

Val était déjà entré.

— Je disais…

Sa détresse devait se lire sur son visage car il fronça les sourcils.

— Qu'est-ce qui ne va pas ?

— Qu'est-ce qui va, tu veux dire !

Elle s'assit sur le bord du lit et s'empara d'un mouchoir. Puis d'un deuxième. Et d'un troisième. Elle avait besoin de pleurer, ne serait-ce que pour relâcher la pression.

— L'homme qui se rapprochait le plus d'un père pour moi est mort il y a deux jours. Ma meilleure amie vient d'avoir un bébé que je n'ai pas le droit de voir. Peut-être ne pourrai-je plus jamais lui parler. Et toi, tu me demandes de déménager dans un autre pays comme si c'était une bagatelle. Aurai-je un atelier, au moins ? Mon plus grand rêve d'artiste se réalise dans trois semaines et je suis tout sauf prête !

Si elle perdait cela aussi… *Zut.* Les larmes commençaient vraiment à couler.

— Cela fait beaucoup, balbutia-t-elle en s'efforçant de juguler sa panique.

Elle se leva et s'approcha du miroir. Seigneur, elle avait une tête à faire peur !

— Bien sûr que tu auras ton atelier, dit Val derrière elle.

Elle fit volte-face, le cœur gonflé d'espoir.

— Pour moi, c'est absolument indispensable.

Un rictus condescendant joua sur ses lèvres.

— Je ne prétends pas être original, Kiara. Si mon père t'a achetée avec quatre murs et un toit, je peux en faire autant.

Seigneur, était-elle donc si prévisible ?

— Où cela ? demanda-t-elle.

— Il y a un grand espace dans les jardins de ma villa. À toi d'y faire construire ce qui te plaît.

— Vraiment ?

Un frisson d'excitation parcourut Kiara. Elle adorait son atelier sur l'île. Mais avoir carte blanche lui permettrait d'apporter certaines améliorations.

— Naturellement, répondit Val. Je tiens à rendre ma femme heureuse.

L'idée avait de quoi faire rire, et c'est ce qu'elle fit. Val plissa les yeux.

— Qu'y a-t-il de si drôle ?

— Je ne sais pas…

Le sérieux de Val la refroidit.

— J'apprécie que tu cherches à me faire plaisir, assura-t-elle avec un soupir. Former une famille pour Aurelia serait idéal. Mais je ne peux pas t'épouser, Val. Pas avant d'être sûre que toi et moi soyons capables d'une relation fonctionnelle.

— Je te l'ai déjà dit. Je suis totalement investi, répéta-t-il avec dureté. Et quand je dis quelque chose, je tiens parole.

— Alors c'est aussi simple que cela ? Tu vas ouvrir ton cœur sans réserve ?

C'est tout juste s'il ne recula pas physiquement à ces mots. Kiara sentit un étau lui étreindre la poitrine.

— Je veux bien emmener Aurelia en Italie et voir comment cela se passe, énonça-t-elle. C'est tout ce à quoi je suis prête pour l'instant.

Val adopta un ton conciliant, démenti par sa posture rigide et son sourire de prédateur.

— Prends le temps qu'il te faut. Tant que tu acceptes de m'épouser d'ici la date du mariage, dans deux semaines.

J'étais venu te dire d'appeler l'île. Préviens-les que j'envoie mon pilote récupérer Aurelia, puis direction l'Italie.

— Quoi ? Non !

La panique s'empara d'elle.

— Je ne peux pas partir comme cela. J'ai plein de choses à récupérer dans mon atelier.

— Fais une liste. Quelqu'un se chargera d'envoyer le tout.

— Non ! Personne n'entre dans mon atelier, se braqua-t-elle. Personne ne touche à mes affaires.

Rien qu'à cette idée, elle était au bord de l'hyperventilation. Alors, dans l'état de stress où elle se trouvait déjà…

Val poussa un soupir agacé.

— Les caprices ne fonctionnent pas avec moi, Kiara.

— Je ne plaisante pas ! s'écria la jeune femme en agitant les bras dans tous les sens. Cela me met à cran quand quelqu'un entre sans ma permission. Ce sont *mes* affaires. Personne n'a le droit d'y toucher…

Val lui saisit le poignet au vol. Il dut sentir qu'elle tremblait car il en effleura le creux du pouce, là où son pouls battait la chamade.

— Ce ne sont que des objets, Kiara.

— Mais ce sont les miens, persista-t-elle, les larmes aux yeux. Je sais que c'est irrationnel, mais c'est comme cela. Mon atelier est comme un prolongement de moi.

Le seul endroit où elle s'autorisait à être vulnérable. Elle dégagea son poignet.

— Tu ne laisses pas des étrangers te toucher sous tes vêtements, que je sache ?

Il arqua un sourcil.

— J'ai été mannequin, je te rappelle. Me déshabiller pour des inconnus est ma spécialité.

Mais plus maintenant… N'est-ce pas ? Que se passerait-il s'ils se mariaient ? Aurait-il d'autres amantes en plus d'elle ? Elle s'était interdit de penser au sexe jusque-là. À ce qu'elle gagnerait dans ce mariage. *Lui.*

Son pouls s'accéléra, pour des raisons très différentes cette fois. Val était comme un volcan, imprévisible et incontrôlable. Être avec lui ne serait jamais facile. Mais il n'avait qu'à la toucher pour que tout son être se liquéfie.

— Il te suffit de dire non, tu sais.

Il lui caressa le bras, très légèrement, en une invitation à s'approcher.

— Tu n'as rien à craindre avec moi.

Rien à craindre ? C'était tout l'inverse et elle le savait. Elle avait beau avoir de l'argent désormais, il posséderait toujours l'avantage de l'expérience, de l'autorité et d'un moindre investissement personnel. Mais n'était-ce pas l'histoire de sa vie ? Que ce soit au pouvoir de Niko, à l'avis de son agent ou à l'intérêt de sa fille, elle se soumettait. C'était toujours à elle de subir, accepter et pardonner.

Sauf en matière de sexe avec Val. La tension émanant de lui n'était pas uniquement due à la situation. Leur alchimie physique l'affectait autant qu'elle. Si elle était impuissante à la combattre, il l'était aussi, et c'était le plus puissant des aphrodisiaques.

Elle s'avança vers lui, mue par ce même instinct qui la gouvernait quand elle peignait. Celui qui la poussait à laisser les choses se faire. Elle vit le regard de Val glisser vers sa bouche. Quelque chose oscilla en lui. On eût dit un arbre dans la tempête, luttant contre une force qui le dépassait. Elle attendit, frémissante d'anticipation.

Dans un juron étouffé, il pencha la tête et couvrit ses lèvres des siennes. Un gémissement échappa à Kiara, autant un encouragement que l'expression du plaisir qui l'étourdissait. Une caresse de sa langue et leur baiser devint plus profond. Une vive chaleur se répandait dans sa poitrine, jusque dans les pointes de ses seins. Elle lui effleura la joue pour l'inciter à continuer, en même temps qu'un bras musclé la ceignait avec une force à lui couper le souffle.

Une main dans ses cheveux, il lui massait doucement

la tête tout en ravageant sa bouche. Comment un simple baiser pouvait-il être aussi dévastateur ? Il lui faisait l'amour avec sa langue, allumant un feu d'artifice entre ses reins. Elle se cramponna à lui en roulant des hanches, avide d'un contact plus poussé.

Il releva la tête, la respiration saccadée. Sa poitrine se soulevait et s'abaissait contre la sienne tandis qu'il l'entraînait vers le lit à reculons.

— Je t'écoute, souffla-t-il. Tu n'as qu'un mot à dire.

— Quoi ?

Kiara trébucha, encore hébétée, et se raccrocha à lui.

— Il est encore temps de dire non.

Elle se mordit la lèvre, partagée entre peur et désir. Ce serait totalement stupide. La pire chose à faire, et en même temps… C'était comme une évidence. Il lui suffisait d'écouter son cœur, qui trépidait d'impatience.

— J'irai jusqu'au bout, la prévint-il. Sauf si tu en décides autrement…

Ses jambes la trahirent et elle se laissa choir sur le bord du lit. Ses yeux ne quittaient pas la gorge de Val, là où son pouls battait avec assurance.

— Que cherches-tu à prouver ? balbutia-t-elle. Que je suis incapable de te résister ?

— Que je peux encore te faire crier.

Elle gémit comme il déboutonnait sa robe, sans pour autant le lâcher. Elle attendait qu'il l'embrasse à nouveau afin que sa reddition soit moins totale. Mais il lui laissait toute latitude de prononcer ce petit mot qui refusait de passer ses lèvres. Une main se faufila sous sa robe et tira sur le soutien-gorge, libérant un sein qui jaillit contre sa paume. Soudain, il la plaqua sur le matelas, penché au-dessus d'elle, et aspira un téton dans sa bouche.

Une flèche de plaisir la transperça de part en part. D'instinct, elle se cambra contre lui. Tout en la maintenant clouée sous son poids, il retroussa sa robe et promena les doigts entre ses jambes, dans une caresse si sensuelle qu'elle les serra pour atténuer sa fièvre.

— Tout va trop vite, protesta-t-elle, haletante.

— Tu trouves ?

Sa voix était rauque de désir, sa main toujours sur sa cuisse. La brûlure de sa peau s'insinuait sous la sienne pour l'irradier tout entière.

— Je sais que tu me veux, Kiara. Je le *sens*, susurra-t-il en frottant le bout de son nez contre le sien.

L'érotisme de ses mots déclencha une pluie de frissons en elle. À en croire la bosse contre sa hanche, il était dans le même état.

— Tu ne veux pas que je te touche ici ?

Son pouce effleura fugacement le bord de sa petite culotte. Une douce moiteur se répandit au cœur de sa féminité. Il la taquinait, caressant ses lèvres du bout de la langue sans lui donner le baiser que sa bouche réclamait.

— Dis-moi ce que tu veux et je le ferai, intima-t-il d'une voix enrouée. Tu n'auras pas à me supplier. Pas cette fois…

Dans une ultime capitulation, elle fit ce qu'il demandait. Elle formula d'une voix hachée son désir le plus secret. Un sourire carnassier étira ses lèvres, qui capturèrent les siennes. Comme promis, il exauça son vœu. Sa bouche errait partout sur son corps, précédée de ses mains, l'une dénudant son deuxième sein, l'autre relevant encore sa jupe, juste assez haut pour offrir son nombril à sa langue. Il baissa ensuite sa culotte et imprima un baiser sur sa chair intime.

Elle cria.

— Plus fort, l'enjoignit-il.

Et il recommença.

— Que fais-tu ? demanda Kiara d'une voix alanguie.

— J'ai besoin d'un préservatif.

S'il n'était pas en elle dans les soixante prochaines secondes, il allait devenir fou.

— Je suis trop lourde ! protesta-t-elle quand il la souleva dans ses bras.

— Ne m'insulte pas.

Val la transporta dans sa propre chambre et la déposa sur le lit. Le spectacle qu'elle offrait était incroyablement sexy : cheveux décoiffés, épaules et seins dénudés, robe froissée autour de la taille. Il n'avait qu'une envie, replonger entre ses cuisses et se délecter de son essence.

Il enleva sa chemise, puis déboutonna son pantalon et baissa lentement sa braguette. Le regard de Kiara se fixa sur sa chair enflée, brillante d'excitation. Lorsqu'elle s'humecta les lèvres, il dut faire appel à tout son sang-froid pour garder le contrôle. Mais il ne put résister au plaisir de la tourmenter encore un peu.

— C'est cela que tu veux, n'est-ce pas ?

Elle déglutit et hocha la tête. Désir et vulnérabilité se mêlaient dans ses yeux de jais. Cette femme le mènerait à sa perte, c'était certain. Il s'approcha néanmoins et l'encouragea à le prendre dans ses mains. Elle était aussi hésitante que lors de leur première fois, mais cela ne l'empêcha pas de l'aspirer entre ses lèvres. Et, oh Seigneur ! Les mouvements de sa langue alliés à l'exquise succion le propulsèrent directement au paradis.

Il résista le plus longtemps possible, les ongles enfoncés dans ses frêles épaules, chaque muscle contracté à l'extrême. Tout son être lui criait de s'abandonner à ce doux supplice. La tentation était irrésistible. Mais au dernier moment, il repoussa la jeune femme. C'était lui qui menait la danse.

— *Grazie, bella.* Maintenant, déshabille-toi, ordonna-t-il d'une voix qu'il reconnut à peine. Je te veux toute à moi.

Il l'aida à se mettre debout, de sorte que sa robe tomba d'elle-même au sol. Son soutien-gorge suivit le même chemin. Pendant un instant, il se contenta de la dévorer des yeux.

Une odeur de sexe les enveloppait, si entêtante qu'il faillit oublier un certain détail. Se penchant par terre, il récupéra son portefeuille dans la poche de son pantalon.

— Je prends toujours la pilule, murmura Kiara. Mais si tu préfères être sûr…

Ses yeux sombres suivirent son geste tandis qu'il enfilait le préservatif. Être sûr. Oui, deux précautions valaient mieux qu'une. Mais lorsqu'il s'allongea sur elle, il n'était plus sûr de rien.

5.

C'était comme la première fois, songea Kiara à travers la brume enveloppant son esprit. Ses coups de reins pilonnaient sa chair, mais la sensation était incomparable. Elle se délectait de l'élan possessif de ses va-et-vient. De la puissance brute de ce corps ondulant sous ses mains exploratrices. Les larges épaules. Les hanches étroites. Les fesses contractées. Ses sens étaient en ébullition et elle adorait cela. Leurs corps s'élançaient à la rencontre l'un de l'autre, captifs des affres de la passion. Inondés par un plaisir profondément intime et débridé. Toutes ses défenses s'étaient effondrées, mais jamais elle ne s'était sentie aussi libre. Plus rien ne l'entravait. Elle ne faisait qu'un avec Val, une plénitude qu'elle n'avait connu qu'ainsi, avec lui.

L'orgasme la submergea par surprise, si intense qu'un cri jaillit de sa gorge. Val émit un petit rire et plongea les mains dans ses cheveux, sans pour autant ralentir le rythme.

— On peut faire mieux que cela, murmura-t-il en lui mordillant la mâchoire. Je veux t'entendre pleurer de plaisir.

Avec une force toute masculine, il lui cloua les poignets au-dessus de la tête. Elle ne pouvait que rester là, offerte, tandis que sa bouche explorait les monts et vallées de son corps, stimulant chaque zone érogène sans exception. Elle gémissait et se tortillait, chavirée de plaisir. Un nouvel orgasme déferla à travers son être, plus fort que le premier. Le suivant repoussa encore les frontières de l'extase.

Des paroles incohérentes se bousculaient sur ses lèvres.

Elle le suppliait d'arrêter, non, de continuer. Elle ne savait plus qui elle était. Sa seule réalité était cet homme qui la dominait corps et âme, ici, dans ce lit. Elle lui appartenait sans condition. Cela aurait dû la terrifier. Il exerçait un tel pouvoir sur elle – un pouvoir absolu. Plus tard, peut-être s'en inquiéterait-elle. Mais pour l'instant, elle se contentait d'en savourer chaque infime seconde.

— Je déteste l'île, dit Val avec force.

Kiara leva la tête, choquée par sa virulence. Après quelques heures, ils avaient fini par émerger de leur chambre, affamés, pour commander à dîner. La discussion était revenue d'elle-même à celle interrompue par leur baiser, et tout ce qui avait suivi.

— Je la hais, renchérit-il. Je n'y ai plus jamais remis les pieds, même à la mort de mon père. Qu'est-ce qui te fait croire que je vais y aller demain ?

— Ta fille ?

— Ma fille peut venir ici. C'est toi qui insistes pour y retourner.

— Tu n'es pas obligé de m'accompagner, répondit-elle en se servant une cuillerée de riz au safran.

— Je n'ai pas peur, *bella*.

Son cœur manqua un battement à ce surnom intime, malgré l'avertissement sous-jacent.

— Alors viens avec moi, le défia-t-elle.

Son audace le fit rire et il glissa une main dans son cou. Ce geste possessif suffit à raviver la fièvre dans ses veines. C'est là qu'elle comprit. Il la tenait dans le creux de sa main, littéralement. Son sens du devoir envers Niko n'était rien à côté de la sensuelle domination qu'exerçait Val sur elle, rien qu'en effleurant ses lèvres des yeux ou sa nuque du bout des doigts.

— Tu es à moi, désormais, tu le sais ? Je respecte l'artiste en toi, c'est pourquoi je te fais ce cadeau. Mais ne prends que ce qui t'appartient vraiment. Rien venant de cet homme n'entrera sous mon toit.

Les yeux de Kiara s'embuèrent de larmes. Elle ignorait pourquoi. Par honte, peut-être. Sa loyauté avait changé de camp. Elle allait maintenant à Val, qu'il la mérite ou non. Ces dernières heures de plaisir entre ses bras lui donnaient raison : elle était à lui. Et sa haine envers son père était telle qu'elle se faisait l'effet d'une traîtresse pour les années passées aux côtés de Niko.

— Dis-moi merci.

— *Grazie*, souffla-t-elle dans sa langue.

— J'aime entendre de l'italien sur ces jolies lèvres. Très sexy. Mais approche et remercie-moi mieux que cela.

Il recula sa chaise et son peignoir s'entrouvrit, exposant son torse musclé, ses abdominaux d'acier et sa chair virile gorgée de sève.

Elle s'exécuta.

Le cœur de Val se durcit à la vue de l'immense villa sous ses pieds. Quelques minutes plus tard, l'hélicoptère se posait sur l'héliport derrière la maison, exactement comme quand il était enfant, quatre fois par an.

« Courez jusqu'à la porte. Le premier arrivé aura du gâteau. »

« Laisse-les donc se battre. Ce sont des garçons. »

« Pourquoi cherches-tu sans cesse les ennuis ? C'est une bonne école. Sois reconnaissant. »

Val garda ses lunettes de soleil en débarquant, mais les murs d'un blanc immaculé l'aveuglaient toujours autant. Une violente tension lui tordit les entrailles. La même qu'autrefois, qui lui rappelait que, quoi qu'il fasse, il ne serait jamais à la hauteur. Le vaste édifice de deux étages lui parut toutefois plus petit que dans son souvenir. Le perron n'avait-il toujours compté que six marches ? Enfant, il les gravissait comme un condamné montait à la potence.

— Prêt ? lui lança Kiara.

Il lui avait acheté une nouvelle robe. En partie pour la marquer du sceau de sa possession, mais aussi parce qu'il avait envie de la voir dans une couleur plus seyante. Le vert chartreuse accentuait le noir de ses yeux et l'éclat de son teint. La jeune femme resplendissait.

Peut-être était-ce un effet secondaire du sexe. Aucune de ses amantes n'avait jamais fait preuve d'une endurance à la hauteur de sa libido. Mais Kiara était d'une autre étoffe. Ils avaient fait l'amour jusqu'à épuisement. Puis tôt ce matin, ses mains s'étaient faufilées sans hésitation sous le drap pour le réveiller. S'il avait apprécié sur l'instant, il s'en voulait à présent de sa faiblesse. Voilà comment il se retrouvait une fois de plus sur cette maudite île !

— Je te l'ai dit, venir ici ne me fait pas peur, grogna-t-il avec humeur. C'est juste que l'endroit me donne envie de vomir.

— Non. Je voulais dire, prêt à…

Elle n'avait pas fini sa phrase que la porte s'ouvrait sur une femme, sans doute la nounou, tenant une fillette dans ses bras.

— Nous avons entendu l'hélicoptère, expliqua-t-elle.

— Maman !

Aurelia se jeta au cou de Kiara.

— Tu m'as manqué !

— Oh ! ma chérie. Toi aussi, tu m'as manqué, dit Kiara en la serrant très fort dans ses bras.

Non, Val n'était pas prêt. Voir Aurelia sur un écran ne l'avait pas préparé au pur concentré de joie de vivre qu'était la fillette, qui planta un baiser sonore sur la joue de sa mère.

— Je la garde avec moi. Vous pouvez continuer à faire les bagages, dit Kiara à la nounou.

La femme hocha la tête et s'éclipsa à l'intérieur.

— Où étais-tu ? demanda Aurelia, calée sur la hanche de Kiara.

— Tu te souviens quand je t'ai dit que tante Scarlett avait eu un bébé ? répondit-elle. Il s'appelle Locke.

— Je veux le voir !

— Elle m'enverra une photo plus tard. Pour l'instant, il y a quelqu'un d'autre que j'aimerais que tu rencontres. Voici…

Il y eut un blanc. Val réalisa en même temps qu'elle qu'ils n'avaient jamais abordé la question des présentations.

— Papa, termina-t-il.

Le sol parut osciller sous ses pieds lorsqu'il prononça ce mot. Un sourire incertain voltigea sur les lèvres de Kiara.

— À partir d'aujourd'hui, nous allons habiter chez papa, annonça-t-elle.

Aurelia le dévisagea comme si elle essayait de se faire une opinion sur lui.

Le ressenti de Val, lui, relevait du pur instinct. Cette enfant était la sienne et il la revendiquait comme telle. Pas par possessivité. C'était plus une reconnaissance viscérale de leurs liens du sang. Jamais il n'avait ressenti cela, pas même avec son père ou sa mère. Ce lien de parenté indestructible. Aurelia était sa fille. Elle était une part de lui et lui, d'elle.

— Je dois aller emballer mes affaires dans mon atelier, dit Kiara à la fillette. Tu veux bien montrer ton toboggan à papa ?

Aurelia fit oui de la tête et entraîna Val dans la maison, tandis que Kiara disparaissait dans l'ancien bungalow reconverti en laissant la porte ouverte.

Val remarqua le jeu d'escalade, la pataugeoire, la petite table en plastique coloré et le chat venu se frotter contre ses jambes. Javiero et lui n'avaient rien eu de tel, enfants. Leurs propres occupations avaient consisté à se viser l'un l'autre avec un ballon ou à nager en mer quelle que soit la température, car dans une piscine c'était « pour les mauviettes ». Ils devaient également entretenir les vignes et subir d'interminables sermons sur la nécessité de savoir gérer ce domaine dont ils hériteraient un jour.

Toute conversation avec Niko était unilatérale et portait sur un seul sujet : l'avenir tel qu'il l'avait planifié pour eux. Peu importaient leurs qualités, leurs passions et leurs rêves. Ils n'étaient que des gamins, mais Niko s'en fichait. Il n'était pas un père présent pour ses enfants.

Et lui non plus, réalisa Val dans un sursaut. Le jeu d'escalade était vide. Aurelia avait disparu.

— Aurelia, non !

Le cœur de Kiara s'arrêta. Le cri avait déchiré l'air tel un coup de feu, impérieux et paniqué. Elle abandonna ce qu'elle était en train de faire et se rua dehors, à temps pour voir Val courir vers la piscine.

Le portillon était ouvert. Aurelia se tenait à côté, paralysée. En voyant sa mère, elle éclata en sanglots et courut vers elle, bras tendus, si vite qu'elle trébucha dans l'herbe. Kiara se précipita pour la prendre dans ses bras et Aurelia s'accrocha à elle de toutes ses forces.

— C'est fini, ma puce. Tout va bien, la consola Kiara en lui frottant le dos. Tu sais que tu n'as pas le droit d'aller dans la piscine sans un adulte.

Son cœur cognait à tout rompre. Pour autant qu'elle sache, Aurelia n'était pas encore capable d'ouvrir le loquet. Soit elle avait grandi en à peine deux jours, soit le garçon chargé de l'entretien s'était montré négligent.

— Je ne l'ai quittée des yeux qu'une seconde, marmonna Val en arrivant à sa hauteur.

Son aura ombrageuse enveloppa Kiara. Elle fit de son mieux pour calmer la petite malgré sa propre agitation.

— Écoute, ma chérie. Papa a seulement cru que tu étais en danger. Il n'a pas voulu te faire peur.

Elle lança un regard appuyé à Val.

— Elle m'a fait peur aussi, pointa-t-il.

— D'accord, mais baisse un peu le volume, la prochaine fois. Elle n'a que deux ans. J'ai eu la frayeur de ma vie en t'entendant crier.

Aurelia continuait à pleurer à qui mieux mieux, refusant ostensiblement de regarder son père. Remords et inquiétude plissaient le front de Val.

— Mon cœur s'est arrêté, avoua-t-il.

— C'est cela, être parent.

Val tressaillit à ces mots, saisi par une étrange émotion. Peu à peu, les pleurs de la fillette s'atténuèrent pour céder la place à de bruyants reniflements.

— Nous apprenons le pardon, en ce moment, expliqua Kiara. Ma puce, veux-tu dire à papa que tu es désolée de lui avoir fait peur ?

— Non.

Et elle se remit à pleurer.

— Aurelia, je suis désolé, dit Val avec sincérité.

Il tendit la main pour la réconforter, hésita, avant de la laisser retomber contre sa cuisse.

— Je n'aurais pas dû crier. J'ai cru que tu allais tomber dans l'eau. Il m'arrivera peut-être encore de crier si je m'inquiète pour toi, mais cela ne veut pas dire que je suis fâché. Je te promets de ne jamais te faire de mal. S'il te plaît, n'aie pas peur de moi.

Kiara était prête à parier que Val ne s'était jamais excusé de sa vie. Auprès de personne. Le voir si vulnérable avec sa fille fit fondre son cœur dans sa poitrine.

Elle tapota gentiment le dos d'Aurelia.

— Y a-t-il quelque chose que tu veux dire à papa ? demanda-t-elle d'un ton encourageant.

La fillette leva son petit visage ruisselant de larmes.

— Pardon.

Et le plus naturellement du monde, elle se dégagea des

bras de Kiara et tendit les siens vers son père pour un câlin de réconciliation.

Val la prit contre lui en étouffant une exclamation de surprise. Toutes les défenses de Kiara s'émiettèrent devant la scène. L'amour d'Aurelia, entier et inconditionnel, le frappait de plein fouet avec la force d'une météorite. Il ferma les yeux, visiblement submergé. Impossible pour lui de cacher son émotion tandis qu'il la serrait contre son torse, le menton enfoui dans ses cheveux. Désarroi et soulagement se lisaient sur ses traits, comme s'il l'avait bel et bien sauvée.

À moins que ce ne soit l'inverse ?

Aurelia posa la tête sur l'épaule de Val et enfonça son pouce dans sa bouche. Des traces de larmes luisaient encore sur ses joues. Mais nul doute qu'une profonde confiance venait de s'établir entre le père et la fille. Kiara en fut émue. C'était un bon début, non ?

Huit heures plus tard, leur nouvelle vie débutait, en Italie.

Val contempla un instant le croquis au fusain sur le mur avant de l'en décrocher. Ses doigts se crispèrent autour du cadre en chrome. *Ça suffit*, se tança-t-il. Assez replongé dans ses souvenirs. Irrité contre lui-même, il alla le ranger tout en haut d'une étagère dans son dressing. Il s'en voulait de se sentir obligé de cacher qu'il avait non seulement conservé le croquis, mais l'avait aussi fait encadrer et suspendre dans sa chambre.

Mais laisser Kiara le voir serait une faiblesse plus grande encore. Et il se sentait déjà assez vulnérable après sa rencontre avec Aurelia. Il avait réagi de façon excessive sur l'île, il le savait. En réalisant qu'elle s'était aventurée vers la piscine, il avait eu la peur de sa vie, horrifié à l'idée qu'elle se noie.

Il l'aurait perdue avant d'avoir pu sentir le poids de sa tête contre son épaule. Avant qu'elle ne grimpe sur ses genoux, dans l'avion, pour lui montrer ses jouets favoris. Jamais il n'aurait senti ses petits doigts autour des siens lorsqu'elle avait sauté sur la terrasse pour inspecter avec Kiara le site du futur atelier. Jamais il n'aurait su quelle petite fille vive, curieuse et têtue elle était, dont les éclats de rire emplissaient son cœur de joie.

Il avait cru cerner quelle faiblesse elle deviendrait pour lui. Mais il se trompait. Plus qu'un flanc exposé à ses ennemis, elle était une gorge offerte à leurs crocs. La sensation était terrifiante. Pour ne rien arranger, Kiara devinait parfaitement ce qu'il traversait. Un sourire mièvre incurvait ses lèvres chaque fois qu'Aurelia l'appelait « papa » de sa voix de pinson.

— Oh… Hum…

Kiara venait d'entrer dans la chambre et s'immobilisa net en le voyant.

— Je cherchais mes affaires. Une domestique m'a dit qu'elles étaient ici.

Un éclair de désir traversa Val. Son autre faiblesse, née d'une seule et unique nuit dans ses bras. Elle aussi ne cessait de compromettre l'homme qu'il était.

— Voici notre chambre. Et notre lit, ajouta-t-il d'un ton suggestif.

La jeune femme rougit, pour son plus grand plaisir. Il avait besoin de sentir ce pouvoir en lui, celui de l'exciter d'un simple mot, comme elle-même le faisait rien qu'en apparaissant devant lui.

— Ce ne sont pas des chambres communicantes ?

Elle balaya la pièce d'un œil consterné. Les seules portes présentes étaient celles de la salle de bains et du dressing, en plus de la porte-fenêtre donnant sur le balcon surplombant le lac de Côme.

— J'ai acheté cette villa après mon divorce, expliqua-t-il. Je n'envisageais pas de me remarier.

Kiara parut se détendre légèrement. Peut-être cela la gênait-il de dormir dans le lit de son ex-femme.

— Hum, j'étais juste venue me changer.

Elle désigna son épaule, contre laquelle Aurelia avait pleuré.

— Désolée pour la crise de larmes. Elle n'est pas si capricieuse, d'habitude. Mais entre mon absence d'hier, toi et le déménagement, cela fait beaucoup. Elle se calmera quand elle aura trouvé ses repères.

Aurelia avait piqué une véritable crise lorsqu'elle avait tenté de la confier à la nounou pour sa sieste. Kiara lança un regard à Val, inquiète qu'il la croie incapable d'autorité envers leur fille. Mais Val ne semblait pas perturbé le moins du monde.

— Crois-moi, ma mère est capable de bien pire pour moins que cela.

Elle aurait ri s'il n'avait pas semblé aussi sérieux.

— Je ne voudrais pas que tu te fasses une mauvaise opinion d'elle. Elle est encore petite, ajouta-t-elle avec affection.

Mais, si elle espérait revoir l'homme dont l'armure s'était fissurée au contact de sa fille, elle fut déçue. Val demeura impassible.

— Je me sens moi-même un peu dépassée, admit-elle. Toi aussi, j'imagine. Désolée d'envahir ton espace privé.

Il haussa les épaules.

— Ce ne sont pas les imprévus qui ont manqué dans mon enfance. J'ai appris à vite m'adapter au changement.

— Même à l'emménagement de ta fille et de sa mère chez toi moins de vingt-quatre heures après avoir appris que tu étais père ?

Plus deux nounous et un chat.

— Je préfère agir plutôt que subir.

Un code de conduite sérieusement mis à mal par Kiara. Val subissait malgré lui son emprise charnelle, même en cet instant alors qu'elle admirait la pièce.

— C'est magnifique, chez toi, commenta-t-elle. Spacieux, chic et lumineux.

— Ma mère a de nombreux défauts, mais elle ne manque pas de goût.

— Je veillerai à la féliciter lors de sa prochaine visite.

— Cela attendra, déclara Val. Elle est *persona non grata* pour quelque temps, histoire de lui apprendre à me faire des cachotteries.

La jeune femme se rembrunit.

— Et moi ? Comptes-tu me punir de t'avoir caché l'existence d'Aurelia ?

— Disons que notre mariage est l'occasion de faire d'une pierre deux coups.

Il le pensait. Il en voulait à Kiara, moins de lui avoir dissimulé l'enfant que de lui en avoir fait un. Sa vie s'en trouvait chamboulée. Lui aussi était en train de changer et il détestait cela. Ce n'était pas la faute d'Aurelia, bien sûr. Mais Kiara savait ce qu'elle lui faisait. Toutes ces émotions qu'elle suscitait en lui…

La jeune femme pinça les lèvres. C'était reparti pour les protestations. Mais sa réponse le surprit :

— Tu sais ce qui me frappe chez toi et moi ? Notre obstination à devenir ce que nous détestons le plus en nous. Après la mort de ma mère, je ne comptais pour personne. Je ne m'intégrais nulle part malgré mes efforts. J'en ai conclu qu'il ne valait pas la peine d'avoir des amis et me suis repliée sur moi-même. Je me sentais seule, mais au moins je ne risquais pas de souffrir. Alors une part de moi préférerait que tu me rejettes. Ce serait la preuve que construire une relation avec toi est futile et cela justifierait mon refus de t'épouser. De ton côté, tu persistes à me dissuader de m'attacher à toi au prétexte que tu n'es pas quelqu'un de bien.

— C'est la vérité, intervint Val.

— Vraiment ?

Elle arqua un sourcil.

— Je sais qu'on a dû souvent te le répéter. Tu étais en colère contre Niko, au point d'aller très loin pour couper les ponts. Mais pourquoi nous complaire dans le négatif ? Si tu n'as vraiment aucune qualité, alors que fais-je ici ? Quant à toi, Val, tu dois me croire sincère dans mes remords et me pardonner de t'avoir caché Aurelia. Sans quoi, il n'y a aucun espoir, et une vie sans espoir est insoutenable.

Les insultes, les coups, les critiques… Tout cela, il savait encaisser. Mais l'honnêteté incisive de Kiara avait le don de miner ses défenses. Soucieux de reprendre le dessus, il réagit de la seule manière qu'il connaissait :

— Je t'avais prévenue de ne pas chatouiller le monstre…

Les yeux de la jeune femme s'agrandirent lorsqu'il marcha droit sur elle. L'appréhension se peignit sur ses traits. Une part de lui avait envie de préserver cet espoir dont elle parlait. Mais une autre, plus sombre, le poussait à l'étouffer au plus vite. C'est cette dernière qui l'emporta.

Il glissa une main dans le creux de son cou et la sentit déglutir.

— Je serai doux avec notre fille car ce n'est qu'une enfant. Mais sache qu'il n'y a aucune tendresse en moi. Je ne pardonne pas à ceux qui m'ont fait du tort.

Son pouce erra sur sa lèvre inférieure.

— Plus jamais je ne peux avoir confiance en eux.

— Alors quoi ? répliqua Kiara d'une voix mal assurée. Tu vas te venger en me haïssant, c'est cela ?

— Te haïr impliquerait que j'éprouve des sentiments forts pour toi.

Cela n'arriverait pas. Il y veillerait.

— La seule chose qui m'intéresse est notre compatibilité physique, continua-t-il. J'aime te voir céder à la passion. Je m'octroierai cette compensation autant de fois qu'il me plaira. Mais tu n'obtiendras rien de plus.

— Et si je refuse ? le défia-t-elle.

— En es-tu capable ?

Le pouls de Kiara palpitait fébrilement contre sa paume. Sa poitrine se soulevait et s'abaissait à un rythme irrégulier.

Il avait besoin de cela. De la savoir à la merci de ce désir entre eux, aussi impuissante que lui à le combattre.

De sa main libre, il effleura les tétons pointant sous le corsage, d'une caresse plus légère que la brise. Un silence s'installa, seulement troublé par le bruissement du tissu sous ses doigts. Après un moment, elle arrêta son geste avec une plainte étouffée.

— C'est…

— Trop ? la nargua-t-il en laissant sa main glisser vers sa hanche. Ou pas assez ?

Elle ferma les yeux, en proie à une sensuelle lutte intérieure.

— Approche, *bella mia*. Le monstre est affamé.

Vaincue, elle se pressa contre lui. Sa gorge avait la douce saveur de la victoire lorsqu'il la dévora de baisers. La jeune femme frémit et s'arqua entre ses bras. La punition ne faisait que commencer.

Châtiment ou non, Kiara s'y abandonna sans réserve. Val l'embrassa à l'étourdir, encore et encore. Elle tenait à peine debout, mais il la força à rester là, jupe retroussée sur les hanches. D'une main, il lui maintint les poignets dans le dos tandis que, de l'autre, il baissait sa petite culotte, juste assez pour la tourmenter de sa langue jusqu'à ce qu'elle gémisse son nom.

Il l'agenouilla ensuite sur le canapé et se positionna derrière elle. Ses va-et-vient langoureux l'introduisaient à tout un monde de sensations nouvelles. La soie des coussins menaçait de se déchirer entre ses doigts tant ceux-ci l'agrippaient avec force. L'orgasme la foudroya, libérateur, et elle n'avait que faire qu'on entende ses cris de plaisir jusque de l'autre côté du lac.

Dans la chambre, Val la déshabilla et l'allongea sur le lit. Sa bouche était partout, embrasant chaque cellule de son corps, chaque terminaison nerveuse. Elle n'était plus qu'un torrent de lave en fusion. Les bras sous ses genoux, il la pénétra de nouveau et, très vite, la propulsa au septième ciel. Mais il n'en avait toujours pas fini avec elle. En quelques secondes, il se retrouva assis sur le bord du lit, et elle sur ses genoux. Oh ! il prétendait l'aimer, alors. Il la caressait et la stimulait tout en lui susurrant des mots doux. Il exacerbait encore son désir alors qu'il l'emplissait tout entière. Son corps convulsait et se cambrait, prisonnier de ses bras musclés. La délivrance était là, toute proche. Mais Val continuait à repousser les limites de leur endurance.

— S'il te plaît, Val, implora-t-elle contre ses lèvres.

C'était trop. Elle ne tiendrait plus longtemps. Val la fit basculer sur le matelas, sans cesser de bouger en elle.

— Bientôt, *bella*, souffla-t-il, les muscles tendus par l'effort. Quand je le déciderai, pas avant.

— Je ne peux plus…

Elle allait mourir si elle ne jouissait pas tout de suite. C'était si bon que cela en devenait douloureux. Mais elle tint bon. Pour lui. Parce que c'était ce qu'il voulait.

— Maintenant, grogna Val en plongeant en elle avec ses dernières ressources d'énergie.

Le monde s'effaça, balayé dans un grand éclair blanc. Sa bouche s'ouvrit sur un cri silencieux. *Oui ! Oui !* fut son ultime pensée avant le big-bang de sensations, l'orgasme cataclysmique qui l'éparpilla en un million d'atomes. Les ondes de choc se succédaient, chacune plus intense que la précédente, décuplées par cette chaleur virile pulsant entre ses reins. Au milieu de ce chaos s'éleva la voix de Val, rauque et triomphante, criant son nom.

Kiara se glissa hors du lit et fila sous la douche pendant que Val somnolait encore. Elle n'était pas contre l'idée qu'il l'y rejoigne, même après leur nuit torride. C'est toutefois seule qu'elle se savonna puis se sécha, avant de passer dans le dressing. Les étagères débordaient de vêtements, mais aucun qu'elle reconnût. Enveloppée dans un peignoir, elle sortit de la salle de bains et trouva Val sur le balcon avec Aurelia, à qui il enseignait les noms italiens des fruits qu'ils dégustaient.

— Tu vois ? Je t'avais bien dit qu'elle nous rejoindrait, lança-t-il à leur fille.

— Bonjour, ma puce.

Kiara fit un câlin à Aurelia, puis se tourna vers Val.

— Ce n'est pas à moi, dit-elle en agitant les vêtements qu'elle tenait à la main.

Un haut bleu ciel et une jupe indigo ravissants, mais bien plus branchés que ce qu'elle avait l'habitude de porter.

— C'était dans ta garde-robe, non ?

— Val, où sont mes affaires ?

— Je t'ai dit que je ne voulais rien de lui sous mon toit.

Il évita de prononcer le nom de Niko avec un regard en coin à Aurelia, visiblement soucieux de la réaction de la fillette si elle entendait parler de son grand-père.

— Je ne forcerai pas notre souricette à renier son affection. Elle s'estompera d'elle-même avec le temps. Mais toi, tu porteras les habits que je te procure.

Seule la présence d'Aurelia retint Kiara de donner libre cours à son exaspération. Elle inspira profondément.

— Tes désirs sont des ordres, répondit-elle avec un sourire hypocrite. C'est pourquoi je n'avais apporté que des vêtements achetés avec mon propre argent. Mes anciennes œuvres et certains tirages me fournissent un revenu suffisant pour m'habiller. Je n'ai pas besoin de ton soutien financier.

— Permets-moi d'insister, repartit Val d'un ton faussement amical.

— Je vois bien ton petit manège…

C'était une farouche lutte de pouvoir qui se jouait entre eux. Il cherchait à la dominer. Elle l'avait déjà senti dans sa façon de lui faire l'amour. Mais si elle était prête à s'en accommoder au lit, en dehors, pas question de renoncer à son autonomie si durement acquise.

— Je suis une icône de mode, Kiara, expliqua-t-il avec une patience exagérée. Mon apparence est constamment passée au crible. Ma femme se doit d'être elle aussi une ambassadrice dans ce domaine.

Val portait un simple T-shirt blanc sur un pantalon en lin froissé, affichant une élégance décontractée hors d'atteinte pour une fille comme elle.

— L'industrie de la mode a du souci à se faire si nous nous marions… Je dis bien *si*, se hâta-t-elle d'ajouter devant son sourire en coin. Je suis loin de la taille mannequin, Val. Tu n'aurais pas pu faire pire choix pour préserver ta réputation.

— Je fais ce qui me chante. Si je veux une épouse avec des courbes, alors elle aura des courbes. La mode s'adaptera.

Seigneur, si seulement elle possédait un dixième de sa confiance en lui !

— Klaus est mon directeur de mode, continua-t-il. C'est un génie. J'ai hâte de voir ses créations à partir de mes indications. Au fait, il envoie quelqu'un prendre tes mesures.

— Je veillerai à rester courtoise quand je lui expliquerai que ce genre de tenue n'est pas moi, répliqua Kiara.

— Qu'en sais-tu sans l'avoir essayée ? Tu me déçois, Kiara. Que dirais-tu si les gens rejetaient tes toiles avant même de les avoir vues ?

Un éclair de satisfaction illumina ses yeux bleu-gris. Son argument était imparable et il le savait. Elle pinça les lèvres avec irritation et retourna dans le dressing, résolue à détester cette maudite tenue. Mais le fait est qu'elle lui seyait à merveille, d'une coupe soignée qui mettait en valeur sa silhouette, chic et féminine, sans fanfreluches inutiles. Même les couleurs faisaient joliment ressortir son teint. Impossible de se fondre dans le décor ainsi habillée, ce qui n'était pas pour la mettre à l'aise.

Lorsqu'elle réapparut sur le balcon, des étoiles s'allumèrent dans les yeux d'Aurelia.

— Oh ! maman, tu es jolie !

— Merci, ma puce.

Mais c'était le jugement de Val qu'elle attendait en retenant son souffle. Une fois de plus, elle essayait de rentrer dans le moule, réalisa-t-elle. De passer pour ce qu'elle n'était pas dans l'espoir d'une approbation qui ne viendrait jamais. Elle s'en voulait d'être si faible et dépendante des autres. Une éternelle orpheline, prête à tout pour un peu d'amour.

— Ce bouton est de trop. Il gâche une vision par ailleurs parfaite, dit Val en effleurant la fente de la jupe. Cela te plaît ?

Un délicieux frisson parcourut Kiara. Le regard qu'il promenait sur elle était dénué de toute moquerie, simplement admiratif. Elle se serait volontiers noyée dans ce regard.

— Hum, je ne peindrais pas dans cette tenue, marmonna-t-elle d'un air blasé.

Mais oui, elle lui plaisait. Les matières étaient agréables et elle se sentait belle sans être guindée. Elle aimait que Val la trouve séduisante. Elle devait se reprendre, et vite, avant qu'il n'asseye pleinement sa domination sur elle. Elle se surprit pourtant à obéir lorsqu'il lui fit signe d'approcher.

— *Grazie*, murmura-t-elle en l'embrassant.

Le goût de ses lèvres s'empara de son être, aussi irrésistible que Val lui-même.

6.

Kiara savait que la période suivant la mort de Niko serait chaotique. Elle n'aurait sans doute plus le temps de peindre autant qu'elle le souhaitait. Mais jamais elle n'aurait imaginé devoir transformer un pavillon d'invités en atelier, tout en jonglant entre les architectes, les stylistes et les décorateurs. Sans oublier les avocats chargés de rédiger un contrat de mariage. Elle avait beau répéter à Val qu'elle n'était pas prête pour un tel engagement, sa réponse restait invariablement la même :

— Je serai prêt quand tu le seras.

Puis il lui faisait l'amour, une façon de lui montrer ce qu'elle avait à gagner en devenant sa femme.

Elle avait beau s'accrocher à son indépendance et tenter de se faire sa place dans le monde de Val, cela devenait de plus en plus difficile. D'ordinaire, son atelier était son sanctuaire. L'endroit où elle se réfugiait pour méditer et se recentrer sur elle-même. Mais le nouveau n'était pas encore prêt, et Val insistait pour qu'elle participe à la conception des plans et au choix des matériaux, alors qu'elle n'avait toujours pas consenti à l'épouser.

Et si elle refusait ? Gaspiller son argent ne semblait pas gêner Val. Il avait déjà commandé à Klaus une robe de mariée !

Peut-être pensait-il qu'une fois investie dans le nouvel atelier, elle ne pourrait plus lui résister. Ce qu'il ne comprenait pas, c'est que toutes ces réunions l'empêchaient de reprendre son travail. L'impossibilité de peindre lui mettait les nerfs à fleur de peau. Elle n'avait plus été aussi à cran depuis la naissance d'Aurelia, quand elle s'était sentie ployer sous le poids de responsabilités trop lourdes pour elle.

Aujourd'hui, Val était en déplacement à Milan. Son petit doigt lui soufflait que cela avait à voir avec le mariage. Mais au moins, son absence lui donnait l'occasion de peindre un peu après avoir aménagé le pavillon. Quelques heures devant un chevalet l'aideraient à prendre sa décision.

Rester avec lui ou partir.

Une part d'elle se languissait de retourner sur l'île, où la vie était plus simple. Mais c'était impossible. Aurelia se rapprochait de son père comme Kiara l'avait toujours souhaité. Val se montrait d'une infinie patience avec elle. Il prétendait n'avoir aucune tendresse en lui, mais son regard s'adoucissait chaque fois qu'il se posait sur leur fille. Il était en train de devenir un père formidable, expert dans l'art de désamorcer les crises, ravi de laisser Aurelia explorer à sa guise tout en la surveillant d'un œil de lynx.

Le cœur de Kiara était au supplice. Elle savait que sa dureté extérieure cachait un homme bien. Mais elle entrevoyait rarement cette facette de lui tant il s'interdisait de baisser sa garde. L'amant viril et généreux la subjuguait trop pour qu'elle lutte à armes égales. Leurs étreintes charnelles lui apportaient cette proximité avec quelqu'un dont elle avait rêvé toute sa vie. Dans ses bras, elle avait le sentiment d'avoir trouvé sa place.

Mais c'était démoralisant d'être à ce point impuissante tandis qu'il régentait tout, du sexe à leur emploi du temps quotidien. Il ne semblait jamais aussi remué qu'elle après leurs ébats. Il s'en allait sans mot tendre, ni geste d'affection. Certes, il n'était pas avare en compliments, tirait sa chaise à table et ordonnait au personnel d'être aux petits soins pour elle. Mais il ferait cela pour n'importe quelle autre maîtresse, aucun doute là-dessus.

Vu la façon dont il protégeait son cœur, elle ne pouvait lui offrir le sien. Pour qu'il soit brisé en mille morceaux ? Non, merci. Mais cette résistance avait un prix. C'était une lutte de chaque instant, qu'elle n'était pas certaine de réussir à mener sur le long terme.

— *Scusami...*

Une domestique frappa timidement à la porte. Kiara se retint de la houspiller. Elle avait pourtant expressément ordonné de ne pas être dérangée.

— *Signora* Casale demande à vous voir.

Le sang de Kiara se figea dans ses veines. Au moins, Aurelia était à l'abri à l'étage avec sa nourrice. De son côté, elle n'avait même pas pris le temps de se doucher, trop pressée de retrouver ses pinceaux. Elle baissa les yeux sur ses vêtements de travail, un T-shirt ample et un vieux jean troué aux genoux. Devait-elle enfiler une tenue plus décente ? Et puis non, se ravisa-t-elle. Ce n'était sûrement pas une coïncidence si Evelina se présentait le jour où Val était absent. Pas question de se laisser intimider.

— Quelle agréable surprise, lança-t-elle avec une courtoisie forcée en entrant dans le salon. Que diriez-vous de prendre le thé sur la terrasse ?

Sa possible future belle-mère la toisa du haut de ses talons aiguilles, enveloppée d'une aura de malice quasi palpable. Kiara la précéda sur la terrasse, où chacune prit place dans un confortable fauteuil d'extérieur. Elle tenta de briser la glace par un compliment :

— La maison est splendide. Val me dit que tout le mérite vous revient.

— Oui. Je possède d'excellents contacts prêts à me rendre service à tout moment, répondit Evelina. Beaucoup vivent à Paris.

Elle croisa avec grâce ses longues jambes fuselées.

— J'ai cru comprendre que vous y aviez un vernissage la semaine prochaine ?

L'insinuation était limpide. Kiara sentit son estomac se nouer. Combien de fois s'était-elle cachée derrière Niko ou Scarlett ? Même quand il ne s'agissait que de rencontrer son agent ? Elle était tentée d'invoquer le nom de Val. Mais être utilisé de la sorte n'était-il pas ce qui l'avait rendu cynique ? Du reste, elle n'était pas certaine à cent pour cent de son soutien.

— En effet, confirma-t-elle. Souhaitez-vous que mon agent vous envoie une invitation ?

Elle jouait l'innocente, feignant de ne pas avoir perçu la menace dans les mots d'Evelina. Ses mains étaient moites et sa gorge, plus sèche que le désert.

— Inutile, déclina Evelina. Je suis connue comme le loup blanc dans le milieu. Aucune porte ne m'est fermée. D'aucuns diraient que ma présence garantit le succès d'un événement. Je suis prête à parler de vous à mes amis critiques. Quelle tristesse s'ils se désintéressaient de votre art…

Kiara refoula des larmes de colère et d'impuissance mêlées. Ce n'était pas le moment de craquer.

— Je vous en prie, ne vous sentez pas obligée d'intercéder, murmura-t-elle, les dents serrées.

Du coin de l'œil, elle vit la domestique approcher avec le service à thé et lui fit signe de repartir.

— Je suppose que c'est à propos du testament de Niko. Sachez que je n'y ai joué aucun rôle…

— Je ne suis pas stupide, la coupa Evelina. Je me débrouille par moi-même depuis mes quinze ans. Une femme fait ce qu'elle a à faire pour s'en sortir. Je dois dire que je suis impressionnée…

Elle agita les doigts dans un geste indiquant la maison.

— Mais mon avocat confirme que la fortune de Niko revient de droit à Val. Si vous renoncez à votre héritage, je veillerai à ce que votre petite soirée soit bien accueillie.

Kiara avait la nausée. Les revendications d'Evelina étaient fragiles, elle le savait. Mais la dernière chose dont elle avait besoin était de voir son rêve de toujours sacrifié sur l'autel d'une vendetta familiale.

— Val ne veut pas de l'argent de Niko, rappela-t-elle calmement.

— Val ne sait pas ce qu'il veut. Si vous croyez épouser mon fils, vous rêvez.

— Je n'ai pas accepté sa demande en mariage. À cause de son passif familial, rétorqua Kiara, acerbe.

— Espèce de…

Evelina avait réagi à la vitesse de l'éclair. La fureur empourprait ses joues sous le fond de teint poudré. Elle s'apprêtait à déchaîner ses foudres sur elle, Kiara le devinait aussi sûrement qu'elle prédisait les colères d'Aurelia.

— Je vous détruirai, vous entendez ?

Le cerveau de Kiara tournait à cent à l'heure. Après tout, elle n'était pas sans options. Ne possédait-elle pas quelque chose qu'Evelina convoitait ? Y renoncer lui en coûterait, mais…

— J'ai peut-être une solution, dit-elle, une main levée en signe de trêve. Val s'oppose à la rente que m'accorde Niko. Il préfère subvenir lui-même à nos besoins. Je pensais investir cet argent dans l'immobilier pour Aurelia. Peut-être pourriez-vous choisir la propriété et y vivre sans aucun frais. La somme est généreuse.

Elle lui communiqua le montant. Les yeux d'Evelina luisaient d'hostilité, mais ses lèvres pincées trahissaient son intérêt. Il était évident qu'elle calculait le meilleur profit à tirer de ce nouveau développement.

— Bien sûr, ce n'est possible que si j'épouse Val, ajouta Kiara. Sans quoi, je m'en irai et élèverai seule ma fille avec cet argent. Nous pourrions nous battre sans fin pour la fortune de Niko. N'êtes-vous pas lasse de ce bras de fer ?

— Vous me sous-estimez, assura Evelina.

Kiara humecta ses lèvres sèches.

— Quoi qu'il en soit, mon offre tient. Naturellement, si

notre mariage venait à être dissous, je serais contrainte de vous expulser afin de m'installer dans la maison avec Aurelia.

— Vous achetez mon approbation, résuma Evelina. Une sorte de pot-de-vin pour que je me mêle de mes affaires.

— Disons plutôt un investissement judicieux dans l'avenir de ma fille, reformula Kiara.

— Je vois que Val a été un bon professeur. Allez-vous lui parler de cet arrangement ?

— Oui.

Plus de cachotteries entre elle et Val, c'était la règle.

— Si vous craignez qu'il ne vous prive de la rente qu'il vous verse, je ferai de mon mieux pour l'en dissuader.

Evelina ne savait si elle pouvait lui faire confiance. Cela se lisait sur son visage. Ces gens-là, derrière la façade glamour, dissimulaient de sombres secrets, songea Kiara. Elle se radoucit.

— Ma fille n'a plus que vous comme grand-parent. Vous permettre de vivre une vie confortable est la moindre des choses. Elle ne serait pas là si vous n'aviez pas eu Val. Peut-être, un jour, irez-vous faire les boutiques ensemble à Paris, puisque la mode n'est pas mon fort ?

Elle lui adressa un sourire conciliant.

— Qu'en dites-vous ? Avons-nous un accord ?

Val attendait le mariage avant de dévoiler publiquement l'existence de sa fille. Et le mariage aurait bien lieu, il y veillerait. L'avenir et le bien-être d'Aurelia comptaient trop à ses yeux. Quels que soient les doutes de Kiara, ils y remédieraient plus tard.

En attendant, elle se repliait sur elle-même et cela le contrariait, sans qu'il ne s'explique pourquoi. La nuit, elle était pleinement à lui, offerte au plaisir qu'ils se prodiguaient l'un l'autre. Mais en journée, elle prenait ses distances. Quand il entrait dans la pièce où elle jouait avec Aurelia, son humeur s'assombrissait d'un coup. À table, elle commençait à parler avec animation avant de retomber dans un brusque silence, comme si elle regrettait de s'être laissée aller devant lui. Sa façon de dévier systématiquement toute discussion portant sur elle vers leur fille l'empêchait d'apprendre à mieux la connaître.

Les rébellions ouvertes, il savait les mater. Mais Kiara se soumettait à la plupart de ses directives. Sauf celles concernant Aurelia. Elle lui opposait ses arguments avec une calme logique, jusqu'à le rallier à sa cause. Alors seulement, il réalisait combien elle était sur la défensive en voyant ses épaules s'affaisser. Il n'aimait pas ce danger invisible, constamment tapi dans l'ombre. Elle le fascinait trop pour qu'elle devienne son ennemie.

Il l'attirait dans ses bras dès que l'occasion se présentait, avide de contact physique. Il la déshabillait pour se débarrasser de toute barrière entre eux. Avec elle, il était insatiable. Cette connexion qu'il trouvait dans le sexe devenait une dangereuse addiction. Ce matin, il avait laissé Kiara dormir, juste pour se prouver qu'il en était capable.

Il s'était rendu à Milan aujourd'hui, résolu à se ressaisir. Bien sûr, sa première action avait été de publier les bans. La nouvelle de leurs fiançailles se répandrait bientôt comme une traînée de poudre, ce qui appâterait les paparazzis. C'était un coup bas, de mettre ainsi la pression sur Kiara. Une de ces tactiques habituelles en affaires. Il était ainsi, impitoyable et prêt à tout pour parvenir à ses fins. Alors d'où lui venait cet accès de mauvaise conscience ?

Avant de rentrer, il fit un détour par un magasin de jouets. Le rayon des poupées l'effara. Pourquoi fallait-il qu'elles soient aussi sexualisées ? Il leur tourna le dos au profit des Lego, puzzles et jeux de construction. Il repéra même une mini-perceuse pour enfant. Au diable les conventions de genres. Sa fille pouvait être tout ce qu'elle voulait.

Lui-même n'avait jamais reçu le moindre présent. Sauf

un, qu'il avait plus ou moins volé. Le croquis de Kiara. L'espace vide sur le mur de sa chambre n'était évident que pour lui. Mais chaque fois qu'il levait les yeux, cet espace le mettait mal à l'aise. Un peu comme quand il cherchait la femme vive et enjouée d'il y a trois ans, seulement pour se heurter à l'expression fermée de Kiara.

Peut-être était-il trop dur avec elle, raisonna-t-il sur le trajet du retour. Et si elle avait raison ? S'il devait réussir à lui pardonner d'avoir comploté avec son père ? Peut-être alors serait-elle moins réticente à l'idée de l'épouser.

À peine rentré à la villa, il apprit que Kiara avait eu de la visite en son absence. L'identité de sa visiteuse le mit instantanément hors de lui.

Kiara était encore secouée par son échange avec Evelina. Avait-elle fait le bon choix ?

Oui. Pour Aurelia. Mais cette situation lui vrillait les nerfs. Ses propres besoins étaient mis en compétition avec ceux de sa fille. Kiara ne savait si elle était en train de gagner ou de se faire rouler dans la farine. Le fait est qu'elle était toujours là, et non dans un avion pour la Grèce. Son marché avec Evelina avait condamné son ultime issue de secours. Elle qui détestait les conflits, quelle chance avait-elle contre une experte en manipulation ?

Ses mains tremblaient lorsqu'elle installa sa toile sur le chevalet. Cette séance s'annonçait peu productive. Mais si elle pouvait simplement peindre un peu, rien de sérieux, juste quelques études, elle retrouverait son équilibre et tout irait mieux. Peut-être finirait-elle par s'habituer à cette nouvelle vie dans laquelle elle s'était embarquée par accident.

— Tu as reçu ma mère, aujourd'hui ?

La voix grave de Val la fit tressaillir. Sa stupeur était telle qu'elle manqua renverser son chevalet.

— Oh ! tu es déjà rentré ?

— Surprise ?

Il referma la porte coulissante derrière lui d'un geste brusque qui lui arracha une grimace.

— Oh ! ne songe même pas à m'interdire l'accès de ton petit atelier, tonna-t-il.

Kiara avait les émotions à fleur de peau face à tous les bouleversements qui se succédaient depuis le décès de Niko. Son cœur cognait à tout rompre comme Val s'approchait d'une démarche menaçante. Était-ce vraiment cet homme-là qu'elle venait de se condamner à épouser ?

— Je ne savais pas quoi faire, se défendit-elle, rigide de stress. Je lui ai offert un thé.

Val eut un rire dédaigneux.

— Un *thé* ?

— Qu'aurais-je dû faire d'autre ? Lui claquer la porte au nez ?

— Oui.

— J'aurais préféré. Elle n'est pas venue me souhaiter la bienvenue dans la famille, si tu en doutais.

— A-t-elle vu Aurelia ? s'enquit Val d'une voix menaçante.

— Bien sûr que non !

Son hostilité baissa d'un cran, mais il continua à darder sur elle un regard accusateur.

— Alors qu'avez-vous mijoté, toutes les deux ? Elle n'est plus là, c'est donc qu'elle a obtenu ce qu'elle voulait. Tu n'as pas intérêt à me dire que tu t'en vas, l'avertit-il.

Cette fois, Kiara vit rouge. Comment osait-il la traiter comme une sorte de criminelle ? C'était injuste. C'était *elle*, la victime ! *Elle* qu'on avait tenté de piéger !

— Elle est venue me menacer de détruire mon vernissage !

Sa voix tremblait au souvenir de cet instant où elle avait cru tout perdre. Val secoua la tête.

— Tu sais bien que, quoi qu'elle fasse, j'arrangerai la situation…

— Non, Val, je n'en sais rien ! s'emporta-t-elle. Chaque

jour, tu cherches de nouvelles façons de me punir d'avoir accepté le soutien de ton père. L'échec de mon vernissage serait la vengeance ultime et te rendrait sûrement très heureux. Alors oui, j'ai préféré me débrouiller seule, merci.

Il y eut un silence. Val fronça les sourcils.

— Comment ?

— Je l'ai soudoyée avec l'argent de Niko, bien sûr ! Elle pourra acheter une propriété grâce à la somme censée me revenir et en jouir jusqu'à la fin de sa vie, à une condition : ne pas interférer dans notre mariage. Si nous rompons à cause d'elle, je l'expulse et m'installe dans la maison avec Aurelia. À elle de décider quel jeu en vaut le plus la chandelle.

Kiara guetta la réaction de Val. Elle se sentait sans forces, émotionnellement vidée.

Val eut un petit rire presque admiratif.

— Tu as de la suite dans les idées. Bien vu.

Bien vu ? C'était sa propre existence qu'elle venait de jouer et c'est tout ce qu'il trouvait à dire ?

Sans un mot, elle lui tourna le dos et s'empara de sa blouse de travail.

Val fulminait que sa mère ait eu le culot de venir chez lui à l'improviste. Le fait qu'elle ait profité de son absence ne pouvait signifier qu'une chose : une taupe se cachait parmi son personnel. Des têtes allaient tomber. Mais il n'en avait pas fini avec Kiara.

« L'échec de mon vernissage serait la vengeance ultime. »

C'était plus facile d'être en colère contre elle en brandissant ses mensonges passés. Cela l'aidait à garder ses distances. Mais elle devait bien savoir qu'il la protégerait quoi qu'il arrive, non ? Sans quoi, le fait qu'elle soit restée était une réelle preuve de courage, au vu des menaces qu'avait proférées sa mère. Cette loyauté inattendue mettait à mal la rancune qu'il s'efforçait d'entretenir contre elle.

— Approche, dit-il d'un ton enjôleur.

Il avait besoin de la sentir contre lui pour effacer cette sensation troublante dans sa poitrine.

— J'espérais enfin avoir le temps de peindre un peu…

La vue aguichante de ses fesses rebondies sous le short en jean moulant disparut comme elle enfilait ce qui ressemblait à une vieille blouse de laboratoire tachée de peinture. Elle la boutonna sans le regarder.

Il arrêta son geste et prit ses mains dans les siennes.

— Viens, *bella*. Faisons la paix. Je te promets de me faire pardonner, insista-t-il en caressant du pouce le dos de ses mains.

— Faire la paix ? Parce que nous nous disputions ? Je croyais que c'était une conversation normale. Tu me rends responsable des actions de tes parents et je fais passer notre fille avant moi.

Elle dégagea ses mains et commença à défaire les boutons qu'elle venait de fermer.

— Mais si tu veux faire l'amour, alors faisons l'amour. C'est vrai, pour quelle autre raison aurais-je tenu tête à ta mère ?

Val sentit un poids peser sur son estomac.

— Si tu n'en as pas envie…

— J'en ai toujours envie ! s'écria la jeune femme en jetant sa blouse de côté. Mais j'ai *besoin* de peindre, Val. Je n'ai plus tenu un pinceau depuis la mort de Niko et cela me rend folle !

Val balaya des yeux la pièce débarrassée de ses meubles. Le stock de toiles vierges contre le mur. Les étagères remplies de pots, de pinceaux et autres fournitures.

— Tu viens ici tous les jours pendant la sieste d'Aurelia, pointa-t-il. Que fais-tu, au juste ?

— Tout sauf peindre, répondit-elle d'une voix stridente. Je déballe mes affaires, organise l'espace, planifie la manière dont mes peintures seront exposées au vernissage, réponds à des mails à ce sujet… Tu savais que je devais rédiger une description de chacune de mes toiles ? Puis les corriger car, apparemment, mes notes d'artiste ne font pas l'affaire ? C'est pour cela que je peins. Parce que je ne sais pas comment m'exprimer avec des mots.

Elle tremblait comme une feuille, les larmes aux yeux.

— Kiara…

— Ne me dis pas de me calmer, siffla-t-elle. Ce n'est pas un caprice !

Elle s'essuya les joues avec le creux de son poignet.

— Avant, je peignais pendant qu'Aurelia dormait. Mais maintenant, il n'y a plus que toi, le sexe… et tout le reste. Les accusations. Le mépris envers les choix que j'ai faits. Les pressions pour me faire changer de vie pendant que mon rêve de toujours me file entre les doigts.

Sa main vola vers sa poitrine, comme si elle manquait d'air.

— Si c'est cela, ta punition, me pousser à bout… Eh bien, bravo, tu as réussi. Je vais craquer pour de bon si je ne peux pas peindre. Alors je ne serai plus moi. Je serai comme toi et ta mère, cynique, incapable d'aimer. Désolée, Aurelia, maman est une victime collatérale de plus dans la petite guerre de Niko.

Ces derniers mots lui firent l'effet d'un coup de poing. Oui, il avait envie de lui dire de se calmer. Il lui faisait construire un atelier, non ? C'était bien la preuve qu'il était prêt à la laisser peindre. Et s'il était cynique, c'était par expérience, et une preuve de sa maturité.

— Pourquoi es-tu encore habillé ? continua-t-elle, sarcastique. Laisse ta magie opérer. Fais-moi tout oublier.

Il réprima l'instinct qui le poussait vers elle. Il n'avait qu'un désir, effacer ses larmes de ses baisers. La serrer dans ses bras pour retrouver cette chaude lumière qu'elle irradiait et qu'il n'avait pas su apprécier avant qu'elle ne s'éteigne. Evelina empoisonnait de son venin quiconque avait affaire à elle. Mais sa mère n'était pas l'unique responsable. Lui aussi était fautif. Il cherchait tellement à garder le contrôle de la situation qu'il étouffait Kiara.

Il n'y avait qu'une solution. Cela ne lui ressemblait pas de fuir la confrontation. Mais s'il ne partait pas maintenant, il lui ferait l'amour jusqu'à ce qu'elle n'ait plus la force de lever un petit doigt. Et elle ne le lui pardonnerait pas. Quelque chose se briserait entre eux, que plus rien ne pourrait réparer.

— Je m'occupe de faire manger Aurelia et de la coucher ce soir. Reste ici aussi longtemps que tu le souhaites.

S'en aller était la chose la plus difficile qu'il ait eu à faire depuis longtemps. Cette capitulation le révoltait. Une part de lui le poussait à y retourner et imposer sa volonté comme à son habitude. À elle s'opposait une toute petite flamme jaillie de nulle part. D'espoir, de compassion… Il n'en était pas sûr. Mais sa chaleur ténue, contre toute attente, avait déjà commencé à dégeler son cœur.

Il était passé minuit lorsque Kiara se glissa sous les draps. Elle était épuisée, mais fébrile. Elle avait l'impression de revivre. Immergée dans l'odeur familière de toile de lin, de peinture et de solvant, elle s'était laissé emporter par un tourbillon créatif. Sous ses pinceaux, les couleurs avaient pris vie et s'étaient mélangées en un ballet éblouissant où plus aucune personne toxique ne pouvait l'atteindre. Où ses émotions s'exprimaient librement, au lieu d'être comprimées dans des cases toujours plus étroites. À quand remontait la dernière fois qu'elle avait peint avec autant d'effervescence ? Les portes d'un monde nouveau s'étaient ouvertes à elle, et elle s'y était perdue pour mieux se retrouver.

Elle était infiniment reconnaissante à Val de lui avoir fait ce cadeau. Lui aussi en avait profité d'une certaine façon, seul avec Aurelia, sans la nounou. Ces moments privilégiés entre eux étaient importants, car ils leur permettaient d'approfondir leur lien père-fille. Ce qui n'avait pas empêché

Val de penser à elle aussi, en lui faisant apporter un plateau d'amuse-gueules qu'elle avait grignotés tout en peignant.

Était-il réveillé ? Elle se glissa plus près et frémit au contact de sa peau nue. Son explosion de colère de tantôt rejoua dans sa tête. Il aurait pu prendre à la légère ce qu'elle ressentait ou l'obliger à en parler. Mais non. Il l'avait laissée traverser ce moment à sa manière, la seule qui fonctionnait pour elle.

Ses abdominaux d'acier se contractèrent sous la caresse de ses doigts. Ni lui ni elle ne parlèrent. Kiara plaqua son corps contre le sien, aussi nue que lui. Sa nuisette ne faisait jamais long feu mais, ce soir, c'était elle qui prenait l'initiative. Ses lèvres s'attardèrent sur les siennes avant de s'égarer dans son cou, puis le long de ses larges épaules. Deux mains fermes la hissèrent sur lui et elle se souleva légèrement sous la pression de son érection. Elle se servait de tout son corps pour le caresser, grisée par sa force, par l'odeur de sa peau et son étreinte possessive sur ses fesses. Le désir irradiait de ses pores pour s'insinuer en lui, décuplé par cette énergie revigorante qui lui était venue en peignant.

Elle descendait toujours plus bas, écartant le drap sur son passage jusqu'à rencontrer l'essence musquée de Val, fièrement érigée. Son excitation monta d'un cran. Déjà, sa langue était sur lui, engagée dans d'érotiques préliminaires. Puis elle le prit dans sa bouche et commença à aller et venir au rythme qu'il aimait. Val émit un râle et écarta les jambes, les doigts perdus dans ses cheveux. Au moment où il allait perdre le contrôle, il la fit arrêter et se redresser en l'embrassant avec fougue. L'instant d'après, elle se retrouvait dos au matelas sous lui tandis qu'il plongeait en elle.

Ils ondulaient l'un contre l'autre dans un concert de grognements. La sensation était époustouflante, différente des autres fois. Ils étaient ensemble, unis là où la réalité cessait d'exister. Exactement comme cette nuit-là à Venise. C'était la fusion de deux âmes égarées dans l'obscurité, célébrant la fin de leur solitude. Elle croisa les chevilles dans son dos et sentit les ongles de Val s'enfoncer dans ses fesses. Sans doute laisseraient-ils des marques. Mais elle s'en fichait. Elle avait besoin de lui plus loin, jusqu'à ce qu'il se fonde en elle comme elle était en train de se fondre en lui. L'orgasme les balaya en même temps, une petite mort autant qu'une renaissance. La fin d'un chapitre et le début d'un nouveau.

Val l'avait tenue enlacée toute la nuit, réalisa Kiara lorsqu'elle le sentit s'extirper d'entre ses bras au petit matin. Elle cligna des yeux, perplexe, en le voyant ressortir du dressing à peine quelques secondes après y être entré, toujours nu. Il tenait quelque chose à la main, un objet plat et brillant. Il l'accrocha au mur, sûr de ses gestes malgré la pénombre.

Elle s'assit dans le lit, décontenancée par la scène.

— Ne dis rien, souffla Val en redressant légèrement le cadre. Pas un mot.

Kiara se mordit la lèvre. Comment était-ce possible ? Et pourquoi ? Elle fixait le croquis comme un vieil ami, assaillie par un mélange de joie et de nostalgie. Perdue dans ses souvenirs, elle ne vit pas que Val l'avait rejointe, un petit écrin de velours à la main.

— J'étais censé faire cela hier soir, pendant le dîner…

Oh non ! Elle se recroquevilla sur elle-même, mais il posa une main sur la sienne.

— Ce n'était pas une critique. Je fréquente assez de créateurs pour connaître leur tempérament et leur valeur. Je tiens à préserver l'artiste en toi, Kiara. Voir la beauté où elle n'existe pas et la faire surgir du néant est un don précieux.

Il lâcha sa main pour lui caresser la joue.

— Et après hier soir, je saisis d'autant mieux l'intérêt d'encourager ta fibre créatrice…

Une note espiègle dansait dans sa voix. Kiara rougit en se remémorant l'ardeur entreprenante avec laquelle elle s'était collée à lui dans le lit. Val captura ses lèvres dans un langoureux baiser, puis recula la tête et ouvrit l'écrin.

— Mon Dieu !

Kiara n'en croyait pas ses yeux. L'énorme diamant taille princesse reflétait les rayons du soleil filtrant à travers les rideaux. L'anneau de platine, lui, était serti de diamants plus petits ainsi que d'une autre pierre…

— De l'onyx ? s'enquit-elle.

— Du diamant noir. Dur et sombre, comme mon cœur.

La poitrine de Kiara se serra. Il avait certainement fait de son mieux pour l'en persuader. Elle, de son côté, y avait entrevu tant d'autres nuances…

Elle saisit le plus large des deux anneaux et le laissa tomber autour de son annulaire.

— Tu vas porter celui-là ?

— Si tu le veux bien, oui. Kiara, veux-tu devenir ma femme ?

Kiara eut l'impression d'être aspirée dans une spirale vertigineuse. Il n'avait eu de cesse de la convaincre qu'elle n'avait pas le choix, qu'elle devait l'épouser pour le bien d'Aurelia. Et elle l'avait cru. Mais le choix, elle l'avait bel et bien. Elle soupçonnait qu'il était aussi important pour lui que pour elle qu'elle prenne sa décision de son plein gré.

Elle analysa brièvement leur situation. Ils avaient un enfant et partageaient une relation intime qui ne montrait aucun signe d'essoufflement. Il respectait son art. Et il avait gardé son croquis. Il l'avait même fait encadrer pour l'accrocher au mur, comme s'il s'agissait d'un chef-d'œuvre. Mais surtout…

Elle était en train de tomber amoureuse. Autant se rendre à l'évidence. Sans doute la décevrait-il. À vrai dire, elle était sûre qu'il lui briserait le cœur. Mais cela n'empêchait pas ce dernier de battre pour Val, contre toute raison.

— Oui, souffla-t-elle. J'accepte de t'épouser.

Un éclair de triomphe traversa les yeux de Val avant que sa bouche ne s'empare de la sienne. L'écrin tomba à terre lorsqu'il la fit rouler sur le dos. L'anneau trop large à son annulaire se perdit entre les draps. Aucune importance. Elle se consumait déjà entre ses bras.

Un petit *bip* leur fit relever la tête. Kiara jeta un coup d'œil à son téléphone sur la table de nuit.

— C'est sûrement Aurelia qui te réclame, dit Val.

— Comment cela s'est-il passé avec elle, hier soir ? demanda-t-elle, toujours accrochée à son cou.

— Très bien. D'ailleurs, cela me fait penser que je dois trouver un zoo avec des éléphants.

Il tendit la main vers son propre téléphone.

— Je le lui ai promis.

Val s'adoucit quelque peu dans les jours suivants. Du moins envers Kiara, car le chef qui avait prévenu sa mère de son absence fut renvoyé sans ménagement. Une semaine plus tard, le reste du personnel continuait à marcher sur des œufs en sa présence.

Mais à leur retour du zoo, une femme du nom de Consuela les attendait. Elle aida Kiara à réécrire ses descriptions de toiles pour le vernissage. Elle avait également fait venir un photographe afin d'immortaliser leur mariage et préparé leur communiqué de presse officiel.

— Nous pourrons organiser une vraie cérémonie plus tard, si tu le souhaites, proposa Val.

— Non, merci. Je suis déjà assez stressée comme cela.

Mais peut-être était-ce dû à l'homme qu'elle épousait plus qu'au mariage lui-même. Val Casale. C'était la première fois qu'elle le voyait aussi apprêté et… *Seigneur.* Le smoking, entièrement noir, épousait sa carrure à la perfection. Des touches argentées égayaient la cravate, en harmonie avec le satin des revers de la veste. La matière estampée de subtils reliefs lui donnait une élégance décontractée, la marque de fabrique de Val. Il s'était même rasé pour l'occasion. Comment un seul homme pouvait-il dégager autant de sex-appeal ?

Kiara, pour sa part, ne regrettait pas d'avoir fait confiance à Klaus. Sa robe était un modèle de simplicité avec sa longueur au genou et ses épaules dénudées. La soie blanche relevée d'une très légère note de jaune illuminait son teint. Jamais elle n'avait paru si radieuse. La surjupe diaphane lui donnait des allures de princesse, si volumineuse qu'elle virevoltait autour d'elle à chacun de ses pas.

Quand Val la vit, il resta silencieux un long moment. Elle crut même le voir déglutir. Puis il lui prit la main et, lentement, la fit tournoyer sur elle-même.

— Enfin, te voilà, murmura-t-il, le regard ouvertement admiratif.

Cette journée s'annonçait parfaite, à un détail près. Scarlett manquait à l'appel. À sa sortie de l'hôpital, elle s'était envolée directement pour l'Espagne avec Javiero. Un nouveau-né requérait toute l'attention de sa mère, Kiara était bien placée pour le savoir. Et au vu de l'animosité entre les deux frères, elles avaient tacitement choisi de se faire discrètes quant à leur amitié. L'absence de son amie était donc compréhensible, même en ce jour si spécial. Mais elle lui manquait.

Elle lui envoya une photo d'Aurelia dans sa robe de demoiselle d'honneur, et en reçut une autre en retour, de Locke endormi dans un pyjama évoquant un petit smoking. *Nous sommes avec vous en pensée*, avait écrit Scarlett. Kiara sourit, touchée par ces mots.

La cérémonie fut comme elle l'espérait, brève et intime. Les vœux qu'ils échangèrent ne débordaient pas de sentimentalité. Mais quand Val énonça les siens d'une voix sûre et claire, Kiara perçut la promesse sincère en eux.

L'alliance, loin de peser à son doigt, devenait un symbole rassurant de leur union, qui l'accompagnerait même quand Val ne serait pas là. Lorsqu'il l'embrassa, une multitude de frissons l'électrisèrent. C'était un nouveau départ pour eux. Une seconde chance. Elle voulait y croire.

En guise de lune de miel, ils s'envolèrent ensemble pour Paris. La ville la plus romantique du monde. Mais Kiara n'avait pas la tête à cela. Elle enchaînait les réunions, les nerfs à fleur de peau. Si elle trouvait le sommeil, c'était seulement parce que Val lui faisait l'amour chaque nuit jusqu'à épuisement.

Maintenant que leur mariage avait été rendu public, les paparazzis les harcelaient pour obtenir une photo d'Aurelia. Si on lui demandait encore une fois comment elle et Val s'étaient rencontrés, elle ne répondait plus de rien. Les interviews étaient un enfer. Par chance, Consuela l'avait préparée aux questions les plus idiotes des journalistes.

— Votre fille suivra-t-elle les pas de son père et de sa grand-mère dans le mannequinat ?

— Ce sera à elle d'en décider quand elle sera plus grande, récita mécaniquement Kiara.

Val aurait assené un *non* catégorique. Mais mieux valait privilégier ce genre de réponse évasive, lui avait assuré Consuela.

— Où avez-vous appris à peindre ?

— C'est une passion de toujours, dit Kiara. J'étudiais l'art à Venise quand j'y ai rencontré Val, il y a trois ans.

En réalité, elle déambulait au hasard dans les rues et visitait les musées gratuits, dessinant au gré de ses envies. Mais d'après Consuela, personne n'avait besoin de le savoir.

— C'est très romantique…

— En effet.

N'entre pas dans le détail. Laisse leur propre imagination faire le travail.

Suite à la visite de sa mère, Val avait contacté son agent. Ils avaient transformé son vernissage en un événement beaucoup plus sélect. La plupart des interviews avaient eu lieu avant que la moindre toile ne soit dévoilée. Aujourd'hui, à peine quelques heures avant le lancement officiel, son travail avait enfin été présenté aux critiques. Tous les photographes étaient confinés dans une seule pièce. Ses portraits plus intimes d'Aurelia et de Scarlett enceinte, quant à eux, n'étaient pas exposés.

Et si les critiques détestaient ses toiles ? Si personne ne venait ou qu'aucun collectionneur n'achetait quoi que ce soit ? Son humiliation serait totale. Elle n'était plus qu'une boule de nerfs à vif en prenant place dans la voiture de Val, qui devait les ramener à l'hôtel afin qu'ils se changent.

— Tu te renfermes dans ta coquille, dit Val. Je n'aime pas te voir ainsi.

— C'est que… Je suis tellement nerveuse…

— Pourquoi ?

— *Pourquoi ?*

Elle eut un rire incrédule.

— Et si c'est un échec ? Tout ce travail, toutes ces années à me bercer d'illusions…

Il s'empara de sa main. Sa peau froide et moite se réchauffa au contact de la sienne.

— Tu as pris la bonne décision, *bella*. Tu veux savoir ce que je me suis dit en découvrant tes œuvres, tout à l'heure ?

— Non, balbutia-t-elle, malade d'angoisse.

— Tu as bien fait d'accepter le soutien de Niko. Pour moi, c'est comme si tu avais signé un pacte avec le diable. Mais moi aussi, j'ai parfois eu recours à des méthodes douteuses, pour tellement moins que cela. Ton travail est profond. Devant chaque toile, j'ai perçu ce que tu avais ressenti en les peignant. Ta curiosité. Ta frustration. Ta joie. Et celles d'Aurelia…

Il porta sa main à ses lèvres et l'embrassa tendrement.

— Ton amour pour elle est sans limites, n'est-ce pas ?

— Tu crois que tout le monde va réagir comme toi ? demanda Kiara, en proie à une panique croissante. C'est horrible. J'aurais l'impression d'être complètement nue !

— Viens, susurra Val en l'attirant à lui. Laisse-moi te rappeler les avantages de la nudité…

Plus tard, Kiara n'oserait pas regarder dans les yeux leur chauffeur, qui s'était discrètement éloigné pour fumer une cigarette. Elle devrait s'y faire. Telles étaient les conséquences d'être la femme d'un incorrigible débauché comme Valentino Casale.

7.

Val s'engageait sur une pente glissante. Ses réactions en témoignaient de plus en plus souvent. Lorsqu'il avait laissé Kiara peindre, ce soir-là. Lorsqu'il avait raccroché son croquis au mur sur une impulsion. Lorsqu'il avait glissé l'alliance à son doigt et ressenti l'évidence de ce geste jusqu'aux tréfonds de son être, comme si une pièce maîtresse du puzzle de sa vie venait de se mettre en place.

Il l'avait encore senti tout à l'heure en déambulant dans la galerie, si impressionné qu'il avait cessé de se soucier de la façon dont elle en était arrivée là. Fierté et admiration avaient supplanté tout le reste.

Et il le ressentait de nouveau en cet instant, devant l'arrangement floral livré pendant que Kiara se changeait dans sa chambre. Le vase en forme de sablier avait été soufflé à la main par un artiste vénitien, indiquait le certificat d'authenticité. Le ruban de mosaïque doré spiralant de l'embouchure à la base était le fruit d'une technique ancienne que peu maîtrisaient à l'heure actuelle. Les fleurs, arrangées en un feu d'artifice odorant, avaient été choisies pour symboliser chance et réussite.

Val n'avait pas commandé ce bouquet. Il avait offert à Kiara une somptueuse parure de diamants pour fêter ses débuts. Un présent de son agent, sans doute. Il valait mieux, car si ces fleurs venaient d'un autre homme… Ses entrailles se nouèrent. Était-il *jaloux* ? La jalousie était le symptôme d'un manque de confiance en soi. Il le savait d'expérience.

Irrité contre lui-même, il ouvrit l'enveloppe contenant la carte, bien qu'elle fût adressée à Kiara.

Ma Kiara,

A-t-on le droit de souhaiter bonne chance à une artiste ?

Je suis désolée de ne pas être là pour ton grand soir. Tu vas tous les éblouir, j'en suis sûre.

Profite de chaque seconde et appelle-moi vite pour tout me raconter !

Tu me manques.

Bisous,

Scarlett, Javiero & Locke

Un bruit de talons claqua sur le parquet. Lorsqu'il leva les yeux, le souffle lui manqua.

Les bottes en cuir verni montaient jusqu'aux cuisses pour s'arrêter juste en dessous de la robe trench couleur bronze. L'amas de boucles avait été aplati sur le dessus, puis ramené sur le sommet de la tête afin de suggérer un béret penché de côté. Les pendants d'oreilles étincelaient dans son cou, tandis que le collier apportait une touche de lumière plus subtile au creux du col relevé. Avec ses cils de biche et son gloss or métallisé, elle était à tomber à la renverse.

— Trop ? s'enquit-elle timidement.

— Tu es sublime. Comment vais-je survivre au trajet jusqu'à la galerie ?

Il lui tendit sa main. Il la voulait près de lui, même s'il ne pouvait la toucher. Elle s'approcha et fit courir ses doigts sur le revers de sa veste de smoking.

— Tu viens assister à mon vernissage ou espionner des Russes dans un film noir ?

— Il y a beaucoup de choses que tu ignores sur moi, *bella*.

Son sourire amusé lui chauffa la poitrine tel un rayon de soleil.

— C'est pour moi ? Val, tu n'aurais pas dû, le gronda-t-elle en remarquant le bouquet.

— Non, c'est un cadeau de Scarlett.

Il lui tendit la carte accompagnant les fleurs. Un sourire mélancolique flotta sur les lèvres de Kiara à la lecture du message.

— Tu reçois toujours de ses nouvelles ? demanda-t-il avec raideur.

La jeune femme fronça les sourcils.

— Pas vraiment, à part quelques textos à propos du bébé. C'est une période difficile pour elle. J'aimerais pouvoir la soutenir davantage.

Le désarroi se lisait dans son regard.

— Si seulement je comprenais pourquoi toi et Javiero êtes en guerre…

— Il sait ce qu'il a fait, répondit sèchement Val.

Il regretta aussitôt sa dureté en voyant Kiara tressaillir.

— Je ne voulais pas être indiscrète.

— Kiara…

L'espace d'une seconde, il eut envie de tout lui dire. Comme un cri trop longtemps étouffé qui aurait besoin de jaillir à l'air libre. Une part de lui réclamait cette délivrance malgré la honte, toujours aussi cuisante même après vingt ans. Mais non. Ce secret était enfermé en lui à double tour et c'était mieux ainsi. La seule fois où il en avait parlé, cela ne lui avait valu que des ennuis. Il s'était alors juré de ne plus jamais aborder le sujet.

— Une autre fois, esquiva-t-il. C'est ton grand soir. Ne le gâchons pas avec mes histoires de famille.

Il y eut un silence. Puis l'ombre dans ses yeux d'ébène céda la place à une lueur espiègle.

— Quel optimisme. N'oublie pas que ta mère a menacé de passer…

En marque de soutien, lui avait-elle assuré. Mais Val n'était pas dupe. Evelina comptait bien profiter elle aussi des projecteurs braqués sur Kiara. Il se relaxa et sourit, soulagé de voir se dissiper ce moment de tension entre eux.

— Je me ferai pardonner, promis.

Kiara vivait l'apogée d'années de travail comme à travers un brouillard. L'intervention de Val avait rehaussé le profil de l'événement, pris d'assaut par les médias. Elle avait foulé le tapis rouge jusqu'à l'entrée sous une pluie de flashs. À l'intérieur, on lui avait présenté des directeurs de galeries, mais aussi des célébrités et des aristocrates venus du monde entier. Son agent exultait et se vantait haut et fort de l'avoir « découverte ». Le vernissage était un triomphe.

Ce succès, Kiara l'attribuait au parrainage de Niko, à la notoriété de Val et d'Evelina, au prestige de la galerie, ou encore aux efforts acharnés de son agent. Jusqu'à ce qu'un critique connu pour ses articles au vitriol la prenne à part :

— J'étais convaincu qu'il ne s'agissait que d'un coup de pub. Votre mari et sa mère aiment à user de leur influence, c'est connu. Mais votre talent est indéniable. J'ai mis une option sur le triptyque de paysages marins. Je n'achète que des œuvres sûres de prendre de la valeur et n'expose chez moi que celles qui me plaisent vraiment. La vôtre aura une place de choix dans mon antre, je vous le garantis.

— Merci, balbutia-t-elle, émue au-delà des mots.

Il s'éloigna et elle resta plantée là, cernée par un brouhaha de voix qui parlaient d'elle, mais pas à elle. La foule fêtait son succès sans comprendre ce qu'il représentait. Soudain, cette victoire lui parut creuse, dénuée de substance. Jamais elle ne s'était sentie aussi seule, sans qu'elle ne s'explique pourquoi. Elle avait réussi. Elle vivait son rêve de toujours. Ne devrait-elle pas être euphorique ?

Balayant la salle des yeux, elle surprit le regard de Val

sur elle. Il sourit et leva son verre dans un toast silencieux. Non, elle n'était pas seule, réalisa-t-elle, le cœur gonflé d'une intense émotion. Val était là, fier et sincèrement heureux pour elle. Et elle l'aimait pour cela.

Cette vérité la frappa de plein fouet. En une fraction de seconde, le monde qu'elle connaissait s'évanouit au profit d'une nouvelle réalité.

Elle l'aimait. Oui, elle l'aimait. Elle l'aimait de tout son cœur !

C'était une bonne chose, non ? Il était son mari et le père de son enfant. Il adorait Aurelia, qu'il couvrait d'attentions. Ensemble, ils construisaient un avenir stable. Mais il n'était pas amoureux d'elle.

En un clin d'œil, elle fut de nouveau seule au monde.

Le lendemain, Kiara se réveilla sous une cascade de critiques dithyrambiques. Val la félicita à sa manière, par le plus fabuleux orgasme qu'il lui ait jamais procuré.

— Ta sensualité n'a pas d'égale, *bella*, souffla-t-il en la refaisant sienne. Est-ce parce que tu es une artiste ? Ou es-tu une artiste parce que tu vis la vie intensément ?

— Je ne peux pas parler quand tu me fais cela, gémit-elle, perdue en lui.

Emportée par le puissant élan de sa chair allant et venant en elle. Son propre corps, mû par un instinct vieux comme le monde, se synchronisa sur son rythme et ses hanches se soulevèrent à la rencontre des siennes. La tension allait crescendo, démultipliée à chaque nouveau coup de reins, jusqu'à devenir insoutenable. Mais elle voulait plus, encore et toujours plus.

Cela, songea-t-elle dans un spasme. Cette symbiose-là. Ce n'était peut-être pas de l'amour, mais c'était une forme d'art.

Sans crier gare, Val glissa un bras sous ses genoux et tout changea. L'angle, la profondeur, l'impact de ses mouvements. Elle cria sous la force du plaisir et ouvrit les yeux, accueillie par la vision des siens brillant de désir, de sa mâchoire serrée, de ses épaules contractées par l'effort. L'extase les submergea, et ils s'envolèrent ensemble vers les confins de l'univers.

Val avait toujours considéré la notion de bonheur conjugal comme un mythe. Il se trompait. Peut-être n'était-ce que l'ignorance de ce que l'avenir leur réservait. Mais cet aveuglement était très agréable, il devait l'admettre.

Ces dernières semaines, Kiara et lui étaient tombés dans une confortable routine. Il travaillait à la maison le plus souvent possible entre deux déplacements à Milan, tandis que Kiara disparaissait chaque jour quelques heures dans son pavillon pour peindre. En voyage, ils s'accordaient toujours un ou deux jours de plus afin de passer du temps en famille et gâter Aurelia en l'emmenant à la plage ou au parc d'attractions. Lui qui avait toujours rejeté les conventions se complaisait béatement dans son nouveau rôle de père et de mari dévoué.

— Doucement. Il sera encore là dans dix minutes, sermonna-t-il sa femme, qui avalait son petit déjeuner avec précipitation.

Le regard torve de Kiara le fit rire.

— Quelque chose me dit que maman ne déjeunera pas avec nous, ce midi, lança-t-il à Aurclia.

— Pourquoi ? demanda la fillette.

Son mot préféré, depuis peu.

— Parce que son atelier est prêt et qu'elle a hâte de l'inaugurer. Cela te dit de venir le visiter avec nous ?

Aurelia fit oui de la tête. Quelques minutes plus tard, ils traversaient tous ensemble la pelouse encore humide de rosée. Kiara s'arrêta net et poussa une exclamation ravie.

— Toi, alors… Rien ne t'arrête !

Val n'aurait pu rêver meilleure réaction à la surprise qu'il avait concoctée. Dans le jardin se dressait une petite réplique de son atelier, assez loin du sien pour que les cris d'Aurelia quand elle jouait ne la dérangent pas, mais assez près pour qu'elle puisse la voir de sa fenêtre.

Elle s'accroupit près d'Aurelia et lui désigna l'atelier miniature.

— Tu as vu ? Pour qui est-ce, à ton avis ?

— Moi ?

La fillette n'attendit pas la réponse avant de s'élancer vers son nouveau cadeau sur ses petites jambes mal assurées.

— J'ai toujours rêvé d'une cabane quand j'étais petite, dit Kiara en se relevant.

Elle passa un bras autour de sa taille.

— Merci d'être un père si généreux.

— Merci à toi de m'avoir donné quelqu'un à gâter, répondit Val en l'embrassant sur le nez.

Était-ce de leur fille ou de sa femme qu'il parlait ? Il n'aurait su le dire.

Tendrement enlacés, ils se dirigèrent vers le petit atelier. À peine Kiara passait-elle la tête par la porte qu'Aurelia l'arrêta avec gravité.

— Tu dois me demander la permission, l'informa-t-elle.

— Oh ! bien sûr. Ai-je le droit d'entrer ?

— Oui !

— Je me demande bien de qui elle tient cela, plaisanta Val.

Kiara éclata de rire, avant de disparaître dans la cabane-atelier.

Ce moment était le plus insouciant que Val ait jamais connu. Toutes ses préoccupations semblaient s'être envolées. Plus rien n'était vraiment grave quand on nageait dans un tel bonheur. Kiara et Aurelia étaient les femmes de sa vie et il était prêt à tout pour elles. Il n'y avait rien qu'il puisse leur refuser.

C'était une immense faveur qu'elle lui demandait. Kiara en avait conscience. Non, plus qu'une faveur… Une preuve de confiance. Le premier test de cette belle et fragile relation née entre eux ces dernières semaines.

— Javiero ne sera pas là. C'est Scarlett et Locke que je vais voir sur l'île. Je m'inquiète pour elle. Elle a été d'un tel soutien pour moi après la naissance d'Aurelia…

Le regard noir de Val la réduisit au silence. De l'eau avait coulé sous les ponts depuis sa période auprès de Niko. Mais Val persistait à faire la sourde oreille quand elle tentait d'évoquer sa détresse de l'époque. Il lui en voulait toujours de ne pas s'être tournée vers lui.

— Aurelia reste ici, décréta-t-il, les dents serrées.

— Scarlett est la seule tante qu'elle ait, Val. Je sais que cela ne te plaît pas. Mais j'ignorais qu'elle avait une relation intime avec Javiero avant d'apprendre sa grossesse.

— C'est censé être ta meilleure amie et elle te cache ce genre de chose…

Val laissa l'accusation tacite flotter dans l'air. Kiara perdit patience.

— Toi et moi ne sommes pas les seuls à avoir un passé douloureux, répliqua-t-elle. Je ne t'ai pas forcé à me révéler le tien. Alors ne juge pas Scarlett parce qu'elle garde ses blessures pour elle.

— Que veux-tu dire ? Que lui a fait Javiero ?

Elle poussa un soupir.

— Elle ne m'a pas dit grand chose et je refuse de trahir sa confiance. D'après ce que j'ai compris, elle le voyait de temps en temps, un peu comme toi quand Niko l'envoyait te voir pour telle ou telle affaire.

Une soudaine pensée lui traversa l'esprit.

— Vous n'avez pas couché ensemble, au moins ? s'exclama-t-elle avec horreur.

Il la foudroya du regard.

— C'est indigne de toi, Kiara.

Culotté de la part d'un homme qui s'était toujours vanté de défier la morale et les conventions.

— J'ai un peu flirté avec elle au début, pour la tester. Sa loyauté absolue envers mon père l'a très vite rendue beaucoup moins séduisante à mes yeux.

— Eh bien, je crois que c'était aussi une pomme de discorde entre elle et ton frère, expliqua Kiara. Javiero espérait qu'elle abandonne Niko pour lui, mais elle a refusé. Je m'inquiète de l'état de leur relation.

« Ils n'ont pas ce que toi et moi avons », faillit-elle ajouter, avant de se raviser. Qu'avaient-ils, au juste ? Elle marchait sur des œufs, terrifiée à l'idée de faire un faux pas qui lui fasse perdre son estime.

— Javiero n'est pas là. Elle m'a dit qu'ils avaient besoin d'une pause. Comme toi, lui aussi déteste l'île.

— Javiero et moi n'avons rien en commun, gronda Val.

— Peut-être. Mais vos rapports ne se résument pas qu'à votre haine mutuelle, s'énerva-t-elle. Aurelia et Javiero sont liés par le sang. Toi aussi, tu as un neveu. Locke est le cousin de notre fille. Et je suis prête à braver tes foudres pour leur offrir une meilleure relation qu'entre toi et ta tête de mule de frère !

— *Tête de mule ?* Ce type n'a aucune moralité ! explosa Val. Il a eu l'occasion de faire ce qui était juste et a choisi de ne pas le faire !

Kiara recula, prise de court par cette soudaine éruption de colère.

— Val… Que s'est-il passé entre vous ?

La rage déformait ses traits, comme le jour de la lecture du testament, lorsqu'ils étaient allés déjeuner dans ce restaurant panoramique d'Athènes. Il se leva abruptement.

— Aucune importance, marmonna-t-il. Va, avant que je ne change d'avis. Soyez de retour dans la semaine ou c'est moi qui viens vous chercher. Et je te préviens, il n'a pas intérêt à vous approcher.

Scarlett et Kiara fondirent en larmes en tombant dans les bras l'une de l'autre. Quand Kiara serra le petit Locke contre sa poitrine, une profonde émotion la remua. *Un jour peut-être*, pensa-t-elle avec mélancolie. Mais Val n'était pas prêt à parler d'avoir d'autres enfants. C'est à peine s'il lui adressait la parole.

Avec Scarlett, ce problème ne se posait pas. Elles avaient tant de choses à se dire ! Scarlett lui réclama un compte rendu minutieux de son vernissage et la bombarda de questions sur sa future carrière. De son côté, elle lui raconta en détail son accouchement, les coliques de Locke et sa fatigue grandissante due au manque de sommeil.

Mais une fois les enfants couchés, alors qu'elles avaient ouvert une bouteille d'un des meilleurs vins de Niko, Scarlett éclata en sanglots. Elle pleura et pleura encore, si longtemps que Kiara craignit que ses larmes ne se tarissent jamais.

— Je crois qu'elle souffre de dépression post-partum, chuchota-t-elle lors de son appel vidéo avec Val quelques jours plus tard. J'essaie de la convaincre d'aller voir un médecin, tout en l'aidant au mieux avec Locke. Mais elle est si têtue… Elle insiste pour tout faire elle-même, quitte à s'épuiser.

— Combien de temps encore comptes-tu rester ?

— Je ne sais pas, murmura-t-elle d'un air désolé. Scarlett a besoin de moi. Il semble que la situation soit difficile avec la famille de Javiero. Encore quelques jours ?

Val ne chercha pas à dissimuler sa contrariété.

Un coup à la porte fit lever la tête à Kiara. Une domestique, debout dans l'embrasure, lui indiquait le téléphone fixe au mur.

— *Señor* Rodriguez demande à vous parler…

— Tu m'avais dit qu'il n'était pas là ! s'emporta Val.

— C'est le cas ! Il est au téléphone, clarifia Kiara.

Mais quelques minutes plus tard, elle se sentit obligée

de lui envoyer un texto, de peur qu'il ne s'imagine qu'elle lui cachait des choses.

Javiero arrive demain en bateau. Il ne restera pas sur l'île, mais insiste pour voir Scarlett.

Après une hésitation, elle ajouta :

Je ne peux pas la laisser l'affronter seule.

Val ne répondit pas.

— Le voilà, dit Scarlett d'une voix nerveuse alors qu'elles déjeunaient sur la terrasse.

Un yacht était apparu au loin et se dirigeait droit vers la villa. La panique envahit Kiara, de celles qu'avaient dû ressentir les populations d'antan en voyant se profiler les navires ennemis à l'horizon. Elles ne pouvaient qu'attendre l'inévitable débarquement, sans nulle part où s'enfuir.

En parlant à Javiero la veille, Kiara avait compris que ce dernier, comme Val, avait hérité de la volonté implacable de Niko. Il venait voir Scarlett, qu'elle soit prête ou non, et irait jusqu'à faire le siège de la villa si nécessaire.

— Tu n'es pas obligée de le voir si tu ne le souhaites pas, rappela-t-elle à son amie.

Bien qu'elle n'eût aucun moyen de l'arrêter s'il décidait de forcer le passage. Scarlett en avait conscience, à en croire son petit rire de dérision. Kiara lui prit Locke des bras.

— Je me charge de lui faire faire son rot. Profites-en pour aller te doucher.

Ou retourner au lit. Ce serait préférable. Scarlett affichait des cernes violacés et une extrême pâleur qui inquiétaient Kiara. La pauvre n'avait pas fermé l'œil de la nuit, rongée par l'angoisse à l'idée d'affronter Javiero. Mais maintenant qu'il arrivait en personne, quelle chance avait-elle de se reposer ?

— Je peux le faire, soupira Scarlett.

— S'il te plaît, laisse-moi profiter de Locke tant que je suis là, insista gentiment Kiara.

Présenter les choses sous cet angle était la seule façon de la convaincre de s'accorder une pause. Scarlett cantonnait les nounous aux seules tâches ménagères, tant elle craignait d'être une mauvaise mère. Un sentiment non partagé par le nouveau-né, qui s'endormait avec un soupir d'aise chaque fois qu'elle le prenait dans ses bras.

Scarlett persistait à minimiser son état, qu'elle attribuait à la fatigue et une récente querelle avec Paloma. Mais Kiara la soupçonnait de lui cacher une partie de la vérité, et l'arrivée de Javiero ne risquait pas d'arranger les choses. Son amie était malade d'appréhension. C'était décidé, elle l'emmènerait voir son ancien médecin le plus tôt possible.

— Je le mettrai au lit s'il s'endort, promit-elle.

— Merci, murmura Scarlett.

Après un dernier regard à son fils, puis au yacht au loin, elle rentra dans la villa.

Kiara venait tout juste de coucher Locke et de confier Aurelia à la nounou quand le rugissement d'un hélicoptère en approche emplit l'air. Il ne pouvait s'agir que d'une personne. Les battements de son cœur s'accélérèrent. D'excitation à l'idée de revoir Val, mais surtout de panique face à la catastrophe qui se profilait. Craignant le pire, elle se rua à l'extérieur.

Le yacht s'était immobilisé et un bateau à moteur approchait maintenant à vive allure de la jetée privée. L'hélicoptère, de son côté, avait amorcé sa descente. C'était comme assister à une collision au ralenti sans pouvoir l'empêcher. Kiara ne voulait pas voir cela. Elle s'empressa d'aller prévenir Scarlett, puis troqua son T-shirt et son legging contre une robe plus décente. Les deux amies se retrouvèrent au rez-de-chaussée et échangèrent un regard inquiet, avant de se précipiter ensemble sur la terrasse.

— Mon Dieu ! s'exclama Kiara.

Les deux hommes étaient tombés nez à nez dans le jardin entre la plage et la villa. Ils se mesuraient du regard, immobiles, telles deux bêtes sauvages prêtes à bondir l'une sur l'autre. C'est tout juste s'ils ne se montraient pas les crocs.

— Val ! s'écria Kiara en s'élançant vers eux.

— Va chercher Aurelia. On s'en va, aboya Val sans quitter son frère des yeux. Si Scarlett a besoin de toi, qu'elle vienne aussi.

— N'y songe même pas, tonna Javiero en faisant mine d'attraper Val par le col.

Kiara se jeta entre les deux hommes pour les séparer.

— Arrêtez ! hurla-t-elle, résistant à la poigne de fer de Val sur son épaule pour l'écarter. Pensez à vos enfants et cessez de vous comporter en imbéciles ! Enterrez la hache de guerre !

— Et le couteau qu'il m'a planté dans le dos aussi ? siffla Javiero.

— Moi, je t'ai poignardé dans le dos ? gronda Val, entre stupeur et indignation.

— Tu le sais très bien.

— *Quand ?*

— Ne fais pas l'innocent, Val. Elle a raison, dit Javiero en désignant Kiara. Nous sommes trop vieux pour cela.

Il affichait un air las et vaincu. Son regard s'égara vers la terrasse, où se tenait Scarlett, très pâle, figée comme une statue.

— Je suis sérieux, grogna Val. En quoi ai-je mérité ce que tu m'as fait ?

— Je ne t'ai jamais rien fait ! explosa Javiero, reportant sa frustration sur une cible autre qu'une femme fragilisée par son récent accouchement.

— Tu n'as rien fait pour moi non plus, accusa Val, les poings serrés.

La désillusion gravée sur ses traits bouleversa Kiara. D'instinct, elle tendit la main vers lui, mais il la repoussa.

Javiero pinça les lèvres.

— Tu me rends responsable de ton harcèlement scolaire ? Bon sang, j'étais un gamin ! Ce n'est pas moi qui ai monté les autres contre toi. Je leur ai même dit d'arrêter. L'administration aurait dû intervenir. Tu n'avais pas besoin de faire payer toute ma famille !

— Je me suis affranchi de Niko. Je t'ai tout laissé, répliqua Val avec un geste englobant l'île. Ce n'est pas de ma faute si tu n'en as pas voulu.

— C'est ce que tu te dis pour alléger ta conscience ? riposta Javiero. Papa n'allait pas laisser sa fortune à son fils le plus faible, incapable de subvenir à ses propres besoins. Comment étais-je censé faire cela à *treize ans* ? Ma famille a frôlé la ruine pendant dix ans à cause de ta petite vengeance puérile. Alors va te faire voir, Val. Maintenant, écarte-toi, que j'aille retrouver mon fils.

— Ne me colle pas tes malheurs sur le dos, Javiero. Si tu m'avais défendu quand tu en as eu l'occasion, rien de tout cela ne serait arrivé. Je *devais* m'en aller. Je n'avais pas le choix. Tu sais très bien pourquoi !

Un subtil changement s'opéra dans l'air. La fureur de Val semblait avoir pris une autre forme. Une autre émotion s'y mêlait – honte ? méfiance ? Elle se dressait tel un mur autour de lui, excluant quiconque de son périmètre. Kiara se tourna vers Javiero. Ce dernier avait blêmi, les cicatrices rosées sur sa gorge plus visibles que jamais. Sa voix était très basse lorsqu'il articula :

— Alors c'était vrai ?

Val serra les poings. Ses défenses, déjà considérablement affaiblies par Kiara, s'effondrèrent comme un château de cartes. Javiero était un traître. Son ennemi de toujours. Et voilà qu'il le fixait, les yeux écarquillés, l'air sous le choc. Val avait toujours cru que son frère savait. Ériger cette vérité en arme contre lui et entretenir leur inimitié était préférable aux scrupules tardifs qu'il lisait maintenant sur son visage. Le garçon de treize ans en lui se recroquevilla, mais il n'avait plus nulle part où se cacher.

— Val ?

La main de Kiara sur son bras lui fit l'effet d'une brûlure au fer rouge. Sa colère et sa rancune de ne pas avoir été cru étaient son armure. Sans elle, plus rien ne le protégeait de la honte tapie en lui, attendant son heure pour le rattraper.

— Tu m'avais juré qu'il ne serait pas là, siffla-t-il à Kiara. Si tu n'es pas dans l'hélicoptère quand j'arrive, tu ne viendras pas.

Il tourna les talons et entendit la jeune femme trottiner derrière lui.

— Val ! Parle-moi. Dis-moi ce qui se passe.

— Je n'ai rien à te dire, tu m'entends ?

Elle recula, sa peur de lui si tangible qu'il en sentait le goût métallique sur sa langue. Il se haïssait, en cet instant. Ce poison dans ses veines contaminait tout ce qu'il touchait. Il haïssait ce qu'il était devenu et son impuissance, toutes ces années, à changer les choses.

— Tu as fait ton choix, Kiara, dit-il avec un geste du menton vers la villa et Javiero, et le fantôme invisible de Niko.

— C'est faux, protesta-t-elle.

Elle tendit la main vers lui, sans toutefois oser le toucher.

— C'est *toi* que je choisis, Val. Je t'aime.

Il détourna les yeux, incapable de la regarder. C'était impossible. Elle ne pouvait pas l'aimer. Pas quand elle saurait.

— L'amour est un mensonge, Kiara. Une ruse pour parvenir à ses fins. Mes avocats te contacteront au sujet des droits de visite.

Et sans un regard en arrière, il retourna à l'hélicoptère.

8.

Kiara avait l'impression qu'un abîme s'était ouvert sous ses pieds. *Ses avocats ?* Son amour pour lui n'était pas un mensonge. Il était plus vaste que l'horizon. Plus infini que le ciel où s'envolait l'hélicoptère pendant qu'elle restait plantée là, paralysée par un tumulte d'émotions. Son amour était bien réel, mais il n'en voulait pas.

Et d'elle non plus.

Un mouvement dans son dos lui rappela la présence de Javiero. Elle se tourna vers lui, la gorge nouée.

— Raconte-moi tout.

Il hésita, l'air contrarié. Scarlett venait de disparaître à l'intérieur de la villa et, à l'évidence, il était pressé de la rejoindre.

— Je ne sais pas vraiment quoi en penser, soupira-t-il en levant les yeux vers l'hélicoptère, devenu un point à peine distinct.

— Penser de *quoi* ? s'impatienta Kiara. Je l'aime et il souffre, depuis des années ! Que s'est-il passé ?

Il tressaillit à ces mots. Ses épaules s'affaissèrent comme sous un poids terrible.

— Il y avait ce professeur au pensionnat. Une femme, précisa-t-il devant son air stupéfait. Il faut imaginer le physique de Val à treize ans. L'image qu'il projetait. Non que cela excuse quoi que ce soit. Il n'est en rien fautif, bien sûr. J'essaie seulement d'expliquer comment une femme de trois fois son âge a pu le voir comme un homme plutôt que comme un enfant…

Kiara se couvrit la bouche. Elle n'était pas sûre de vouloir entendre la suite. Mais pour Val, il le fallait.

Le remords creusa un peu plus les traits de Javiero.

— J'avais juste eu vent de certaines rumeurs… Aujourd'hui, en tant qu'adulte, je me rends compte de la gravité des faits. Si les rôles avaient été inversés, tout le monde aurait condamné qu'un homme séduise une adolescente. Deux poids, deux mesures. Mais à l'époque, à cause de notre âge, de notre histoire… J'ai honte de l'admettre, mais le fait qu'il sorte avec un professeur ne m'étonnait pas. Il était toujours si insolent et sûr de lui. Jamais je n'aurais imaginé qu'il puisse avoir subi la situation au lieu de l'avoir choisie.

— Eh bien, tu avais tort, assena Kiara, tremblante d'indignation. Est-ce ce que tu as dit à Niko ? Est-ce pour cela qu'il pense que tu lui as tourné le dos quand il avait le plus besoin de toi ?

Javiero eut un geste d'impuissance.

— Papa m'a demandé s'il y avait quelque chose entre eux. Je lui ai répondu la vérité. À savoir que je n'avais rien vu, seulement entendu les autres le chercher parce qu'elle flirtait ouvertement avec lui en classe.

— Et qu'a fait Niko ?

Javiero eut une grimace amère.

— « Ton frère est un homme, maintenant. À quand ton tour ? » Voilà ce qu'il m'a dit.

Le choc fit chanceler Kiara. Pourquoi cela la surprenait-il après tout ce qu'elle avait entendu sur le vieil homme ?

— C'est ignoble, s'indigna-t-elle, la voix étranglée. Alors il a bien cru les rumeurs et estimé que c'était une bonne chose ? A-t-il essayé d'arrêter ce qui se passait ?

— Elle a continué à enseigner après l'expulsion de Val, donc j'imagine qu'il n'en a parlé à personne.

« Je *devais* m'en aller. Je n'avais pas le choix. »

— Il faut que je rentre, dit Kiara.

Pas étonnant qu'il ne lui pardonne pas de s'être placée sous la protection de son père. Elle-même commençait à le regretter. Tout ce qui comptait, à présent, était de récupérer Aurelia et retrouver Val au plus vite. Mais avant, il lui restait une dernière chose à faire.

— Javiero, il faut qu'on parle de Scarlett.

Javiero lui lança un regard irrité, un pied déjà sur les marches menant à la terrasse.

— Elle ne veut pas m'épouser, je sais. Mais elle et Locke rentrent avec moi.

— Non, ce n'est pas cela…

Kiara secoua la tête.

— Elle a besoin d'un médecin.

Val n'avait plus personne à haïr. Plus personne à punir. Même sa mère semblait s'être détournée de lui. Elle finit par l'appeler à son bureau de Londres, où il feignait d'être débordé de travail. Il avait pourtant ordonné à son assistante de ne pas être dérangé afin de broyer du noir en toute tranquillité. Peine perdue. S'opposer à Evelina était mission impossible.

Mais c'était bien une autre voix qu'il avait espéré entendre. Le timbre chantant de Kiara lui manquait. Même si elle l'appelait pour demander le divorce.

— Ta femme se demande où tu es, l'informa Evelina.

— Alors donne-lui ce numéro.

— Elle est trop gentille avec toi. Je suis plus apte à gérer tes petites crises.

— Être « trop gentille » n'est pas un reproche qu'on risque de te faire…

— Déverse ta bile autant que tu veux, Val. Mais es-tu vraiment prêt à gâcher ce mariage providentiel ?

Val s'esclaffa avec dédain.

— Ce que tu me dis, c'est de m'accrocher à l'argent de Niko. Et de ne pas la jeter dehors, ou c'est elle qui te mettra à la rue.

— Je crois qu'elle sera un atout précieux pour la famille. Qui aurait deviné un tel potentiel chez elle ?

— Moi, répondit-il spontanément.

— Et puis, elle n'est pas du genre à se mettre en avant, contrairement à une certaine Espagnole…

Autrement dit, Kiara ne faisait aucune ombre à Evelina et son besoin de notoriété.

— Que veux-tu, maman ? demanda Val avec lassitude.

— Je veux que tu rentres chez toi, auprès de ta femme.

C'était ce qu'il voulait aussi. Plus que tout. Mais il ne savait comment faire face à Kiara.

— Elle n'est pas chez moi. Elle est restée sur l'île.

— Elle est rentrée il y a des jours, lui apprit Evelina. Elle t'attend bien sagement comme un gentil chien fidèle.

— Ne parle plus jamais d'elle ainsi ou je te coupe les vivres pour de bon, l'avertit Val.

— Ce que je voulais dire, c'est qu'elle ferme les yeux sur tes défauts et te passe tous tes caprices. Elle est bien trop indulgente avec toi. Plus que tu ne le mérites.

La poitrine de Val se serra en l'imaginant seule dans leur lit. Bon sang, ce qu'elle lui manquait !

— Val, il est temps d'enterrer le passé et d'aller de l'avant, décréta Evelina avec fermeté.

— Ha ! C'est toi qui me dis cela ?

— J'ai dû me battre pour en arriver où je suis. Tu le sais. Alors pourquoi cherches-tu à tout prix à gâcher ce que tu as ?

« Tu sais pourquoi », se retint-il de crier. Ils avaient déjà eu cette conversation et il n'avait pas aimé sa réponse. Il s'était senti encore plus impuissant, totalement écœuré par la vie.

— Au revoir, maman.

— Va la retrouver, insista-t-elle.

Il raccrocha. Une façon de lui signifier qu'il agissait comme bon lui semblait. La vérité était qu'il mourait d'envie d'obéir aux directives de sa mère. Où était passé le rebelle en lui ? Autrefois, il aurait pris un malin plaisir à faire exactement l'inverse de ce qu'on lui conseillait. Mais ce n'était plus si simple. Non, s'il tenait tant à ruiner son mariage, il devait le faire en bonne et due forme. Retrouver Kiara. Se mettre à nu devant elle. Et lui rendre sa liberté.

Kiara comprenait enfin pourquoi elle n'avait jamais réussi à peindre Val. Elle ignorait quels étaient ses sentiments à son égard. Aujourd'hui, plus de doute.

Elle l'aimait.

Son amour était si fort qu'il la poussait à recréer son visage sur la toile. Un peu comme un sort qu'on lui aurait jeté. Elle mit plusieurs jours à peaufiner ses esquisses, réalisées à partir de celles de leur première rencontre, de photos sur son téléphone et de tous ses souvenirs de leurs deux mois de mariage. Quand vint le moment de passer au pinceau, elle se remémora les mille et une nuances de son visage. La tendresse de son expression lorsqu'il contemplait leur fille. Son regard de braise sur elle qui ne manquait jamais d'enflammer son désir. Son sourire en coin quand il était d'humeur légère. L'orage dans ses yeux à la première contrariété.

Elle opta finalement pour un portrait de trois quarts aux traits sévères. L'homme, au fond, qu'elle connaissait le mieux : celui qui dissimulait ses émotions derrière le masque de son indéniable beauté. Mais elle avait vu ce que cachait le masque. Et c'est avec une infinie douceur qu'elle maniait le pinceau, comme si sa caresse rugueuse sur ce double de toile pouvait panser ses blessures.

— Papa !

Le cœur de Kiara fit un salto dans sa poitrine. Son pinceau faillit lui tomber des mains. Elle se précipita à la porte, à temps pour voir Aurelia se jeter au cou de son père et Val la soulever dans ses bras. Émue, elle fit signe à la nounou de rester à proximité. Elle et Val avaient besoin de parler seule à seul. Mais elle ne voulait pas interrompre ces tendres retrouvailles.

— Tu m'as manqué ! s'exclama Aurelia en serrant le visage de son père entre ses petites mains.

— Toi aussi, répondit Val, un trémolo dans la voix.

— Si on allait se baigner dans la piscine ? *Per favore ?*

Elle avait parlé en italien, la petite crapule, consciente d'avoir cerné le moyen d'amadouer son père.

— Tout à l'heure, promit-il en l'embrassant sur le nez. Après ta sieste, si tu vas te coucher sans faire d'histoires. Marché conclu ?

La fillette imita son air sérieux.

— Marché conclu, dit-elle avec un léger zozotement.

— *Grazie*. Maintenant, retourne jouer. Maman et moi devons discuter.

Quand il releva la tête, leurs regards se happèrent. Kiara en eut le souffle coupé. Val la dévorait des yeux, comme si elle aussi lui avait manqué, autant que leur fille.

— Elle t'a beaucoup réclamé, dit-elle, ne sachant par où commencer.

— J'ai reçu tes textos. Je croyais que nous avions convenu de ne pas faire d'elle un moyen de chantage affectif.

Elle se mordit la lèvre. *Touchée*.

— C'est la vérité, se défendit-elle.

S'apercevant qu'elle tenait toujours son pinceau, elle rentra le poser dans son atelier. Val l'y suivit sans permission, comme à son habitude, et étouffa un juron en découvrant sa toile. Les choses étaient différentes, aujourd'hui. Le portrait. Eux. Plus rien n'était comme avant.

— Je vois que tu as été occupée…

Une émotion inhabituelle perçait dans sa voix. Il se laissa choir sur le canapé qu'il avait installé dans l'atelier, « pour faire l'amour plus à l'aise ». « Dans tes rêves », avait-elle rétorqué… avant de faire poser des stores sur les fenêtres.

Val se toucha le visage, les yeux fixés sur le portrait. Sa plus belle œuvre, estimait Kiara. C'était son cœur à nu qu'elle avait couché sur la toile, au risque de le voir piétiné.

— Tu me manquais. J'avais envie de te voir. Val…

— Tu m'aimes, oui. Je le vois.

La dureté de son ton la transperça telle une flèche.

— Tout ce que tu ressens transpire de chacune de tes toiles.

Il désigna son portrait d'un geste presque accusateur.

— Je le vois et le ressens aussi. Mais c'est impossible. Tu ne peux pas m'aimer…

Sa phrase mourut sur ses lèvres. Il enfouit le visage entre ses mains, comme terrassé. Kiara vint s'asseoir à côté de lui.

— Je t'aime, Val, dit-elle avec douceur. Je t'aime tellement. Ce n'est pas grave si ce n'est pas réciproque.

Elle l'étudia de son œil d'artiste et sourit en son for intérieur. Oui, elle avait parfaitement capturé ce masque qu'il portait chaque fois qu'il refoulait ses émotions.

— Et toi, que ressens-tu ?

Son regard torturé la bouleversa. Elle aurait voulu prendre ses mains dans les siennes, mais n'était pas sûre que son geste soit bien accueilli. Pour la première fois, il affrontait au grand jour les démons qu'il combattait seul depuis tant d'années.

— Je comprends que l'amour puisse avoir l'air d'un mensonge, pour toi, commença-t-elle avec circonspection. Toutes les personnes censées t'aimer t'ont abandonné. Plus d'une fois. Ce n'était pas mon intention.

Val ferma les yeux.

— Javiero t'a tout raconté ?

— Il m'a dit ce qu'il savait, c'est-à-dire pas grand-chose. Il n'a fait que rapporter les rumeurs à Niko.

Elle ne cherchait pas à défendre Javiero, mais préférait éviter d'attiser leur vieille rancœur.

— Je suis désolée de ce qui t'est arrivé, Val. Niko aurait dû intervenir. Ce n'était pas de ta faute.

— Qu'en sais-tu ? Je ne l'ai pas vraiment repoussée.

Il pressa ses paumes sur ses paupières et soupira.

— Les photos que je faisais étaient très sexualisées. L'environnement dans lequel j'évoluais me disait que j'étais censé apprécier ses avances. Alors j'ai joué le jeu. Cela m'a rendu malade.

— Tu étais trop jeune pour savoir comment réagir, affirma Kiara. C'était elle, l'adulte. Elle devait savoir que son comportement était inacceptable. Niko aussi aurait dû le comprendre et intervenir pour y mettre un terme.

Val laissa retomber ses mains entre ses genoux avec un rire amer.

— Papa était fier que j'aie perdu ma virginité si jeune. J'étais un héros.

— Eh bien, il avait tort. Pas étonnant que tu le haïsses. Les parents sont censés protéger leurs enfants, pas les pousser entre les griffes de prédateurs. Ta mère était-elle au courant ?

Un profond désarroi emplit les yeux de Val.

— Elle m'a dit : « Comment crois-tu que j'en sois arrivée là ? C'est le jeu. »

— Mon Dieu !

— Oui.

Il se tourna vers elle, la mine soucieuse.

— Et toi, t'est-il déjà arrivé de…

— J'ai eu quelques expériences déplaisantes. Rien de violent. Me faire siffler dans la rue ou draguer avec insistance, ce genre de choses, répondit-elle.

Les propos déplacés de certains employeurs et propriétaires. Les remarques d'un professeur sur ses formes naissantes. *La routine*, s'était-elle résignée à l'époque.

— C'est pour cela que je soutiens ma mère financièrement, reprit Val. Ce que j'ai subi n'est sans doute rien à côté de ce qu'elle a dû traverser à certaines périodes de sa vie. Il y a ce beau-père dont elle refuse de parler. Et elle s'est installée seule à Paris à quinze ans. Si elle est si froide et égoïste aujourd'hui, c'est qu'elle a ses raisons.

— C'est terrible, murmura Kiara.

— Dans sa volonté de sauver mon mariage et l'argent que tu lui as promis, elle m'a toutefois ouvert les yeux sur un point.

— Lequel ?

— Elle ne l'a jamais exprimé tout haut, mais elle a dû se battre pour ne plus être une victime. J'ai réalisé à quel point mon père avait profité d'elle, comme tous les hommes qu'elle a rencontrés dans sa vie. À presque trente ans, elle s'inquiétait pour sa carrière de mannequin quand Niko l'a quittée pour Paloma. Elle a utilisé le seul moyen de pression à sa disposition. Je réprouve le procédé, précisa Val. Mais je comprends. Je suis né dans un milieu privilégié. Pouvoir, argent, influence… J'avais tout. Mais parce que je me sentais une victime, j'ai tout envoyé valser. Cela n'a aucun sens.

— Tu étais en colère. À juste titre.

— Je m'étais convaincu d'être insensible à tout. Le problème avec les émotions, c'est qu'on ne choisit pas ce qu'on ressent. C'est tout ou rien. Le positif comme le négatif. Quand le négatif devient insupportable…

— Je comprends. Tu dois te protéger.

— Mais quand le positif rend aussi heureux, comment lui résister ? Ce que je ressens pour toi… Il n'y a pas de mots pour le décrire, Kiara. Si seulement je savais peindre, tu verrais ce que je vois quand je te regarde…

Oh. Kiara lui prit la main, envahie par une joie indicible quand ses doigts enlacèrent les siens avec force.

— L'amour n'est pas un mensonge, reprit-il. J'ai dit cela

car je ne l'avais jamais connu et pensais qu'il n'existait pas. Puis Aurelia est arrivée…

Ses yeux bleu-gris s'embuèrent d'émotion. Kiara aussi était à deux doigts de pleurer. Ils échangèrent un sourire, unis dans leur amour infini pour leur fille.

— Elle est incroyable, n'est-ce pas ? murmura Kiara.

— Un vrai rayon de soleil. C'est de toi qu'elle tient cela, dit Val. Cette pureté ne vient pas de moi.

— S'il te plaît, ne parle pas de toi ainsi.

— Je me suis comporté comme un tyran, persista-t-il en portant sa main à ses lèvres.

— Et je t'aime quand même, tel que tu es.

— Je t'aime aussi, Kiara. Pour ta capacité à faire de tes blessures une force. Pour ton refus de céder au conflit, mais aussi ta combativité quand elle s'impose. Je t'aime parce que tu chamboules mon univers chaque fois que nous faisons l'amour. Si tu savais à quel point tu comptes pour moi…

Kiara sentit les larmes ruisseler sur ses joues, submergée par un trop-plein d'émotions. Il lui semblait que son cœur allait éclater de bonheur.

— Je ne crois pas au destin, poursuivit Val. Mais je crois que toi seule étais capable de me sauver. Je veux être l'homme meilleur que tu mérites. Je t'aime de toute mon âme, alors pourquoi lutter ? Ce que nous avons, je veux le vivre pleinement, avec toi.

— Je… Hé !

Sans crier gare, il l'attira sur ses genoux et la fit basculer sur le canapé avec un large sourire.

— Nous avons une semaine d'ébats torrides à rattraper, susurra-t-il en s'attaquant aux boutons de sa blouse.

— Ménage tes forces pour la baignade de tout à l'heure, le taquina Kiara.

Val roula des yeux. Ces yeux dont elle avait si bien rendu les nuances avec son mélange de titane et de bleu céruléen.

— Rappelle-moi pourquoi j'ai fait une telle promesse ? grogna-t-il.

— Je ne sais pas. Peut-être parce que tu es bien plus généreux et attentif que tu ne veux le laisser croire ?

— C'est que j'ai une réputation à entretenir.

— Ton secret sera bien gardé, promis. En parlant de secret…

Il releva brusquement la tête.

— Qu'y a-t-il ? Es-tu enceinte ?

— Quoi ? Non ! s'exclama-t-elle. J'allais juste suggérer de baisser les stores.

— Oh.

La déception sur son visage l'interpella.

— Attends… Tu *espérais* que je sois enceinte ?

Il parut réfléchir à la question.

— Peut-être. Je crois que cela m'aurait plu. Mais gardons cette conversation pour plus tard, d'accord ?

Il pressa les lèvres sur les siennes, puis se leva pour aller fermer les stores.

— Là, tout de suite, je n'ai que deux petites heures devant moi et je compte bien en profiter.

Et c'est exactement ce qu'ils firent.

Épilogue

Deux ans plus tard

Kiara pinça les lèvres en une moue semblable à celle de leur fille quand elle refusait d'aller au lit.

— Je n'ai pas sommeil. Je préfère continuer à le regarder.

— Je le regarderai pour nous deux, décréta Val.

Il déposa un baiser sur ses lèvres, avant de lui retirer délicatement leur fils endormi des bras.

— Tu as besoin de repos. L'accouchement a été éprouvant.

Voir sa femme mettre au monde leur petit Rafael avait été l'expérience la plus bouleversante de sa vie. Et il n'avait fait qu'assister à la scène. C'était Kiara qui avait fait tout le travail. Il était si fier d'elle et de leur fils ! Son bonheur dépassait tout ce qu'il aurait pu imaginer.

— Toi aussi, tu dois être épuisé, dit Kiara dans un bâillement. Viens t'allonger près de moi.

C'est vrai que la fatigue commençait à le rattraper. Apparemment, les bébés ne venaient pas tous au monde à une heure civilisée. Parfois, ils vous réveillaient au milieu de la nuit pour ne faire leur apparition qu'à l'aube.

— Je te serrerai contre moi jusqu'à ce que tu t'endormes, promit Val.

Il déposa leur fils dans son berceau avec précaution. Lui-même comptait bien rester éveillé. Rafael était une telle merveille. Il répugnait à le quitter des yeux ne serait-ce qu'une seconde.

— Il faut que je prévienne Scarlett, murmura Kiara tandis que Val s'étendait à ses côtés.

— Je m'en occupe.

Il comprenait mieux pourquoi Javiero les avait chassés, Kiara et lui, le jour où ils étaient passés voir Scarlett à l'hôpital après la naissance de Locke. La seule personne autorisée à entrer dans leur bulle était Aurelia. La fillette n'était pas encore réveillée, mais elle avait attendu avec une impatience fébrile l'arrivée de son petit frère.

— Val ?

— Oui, ma chérie ?

— Je suis contente que tu aies été là, cette fois.

Il tourna la tête pour l'embrasser sur le front.

— Moi aussi. Tu as été incroyable.

— Toi aussi.

Un petit rire lui échappa.

— Je n'ai aucun mérite, *bella*. Mais je te promets de toujours faire de mon mieux.

Kiara poussa un soupir de contentement dans son dos. Ses bras s'alourdirent autour de sa taille, signe qu'elle commençait à sombrer dans le sommeil.

Val sourit. D'une main, il rapprocha le berceau, afin de continuer à contempler le miracle qu'ils avaient accompli ensemble.

Vous avez aimé *Cet amant inoubliable* ?
Vous souhaitez connaître l'histoire de Javiero,
le frère rival de Valentino ?
Rendez-vous le mois prochain dans votre collection Azur !

Retrouvez prochainement,
dans votre collection

AZUR

L'enfant de Rio Bardales, de Kim Lawrence - N°4312

« C'est ma fille. » Les mots de Rio Bardales font frémir Gwen. Car, jusqu'ici, le redoutable milliardaire ignorait qu'il était père. Certes, lors de leur rencontre trois ans plus tôt, il s'était montré parfaitement clair : leur liaison serait nécessairement éphémère – et elle l'avait été. Mais aujourd'hui tout a changé : Rio s'est découvert une enfant et la revendique comme son héritière. Pire, alors qu'il n'éprouve aucun sentiment pour Gwen, il exige qu'elle devienne son épouse !

Le secret d'un homme d'affaires, de Cathy Williams - N°4313

Secrétaire particulière du très exigeant Matt Falconer, Violet a l'habitude de faire face à toutes sortes de situation, pour les régler avec son efficacité légendaire. Or, aujourd'hui que son patron se tient devant sa porte, elle se sent désarmée, impuissante. Car elle attend un enfant de lui ! Parce que tous deux se sont égarés au cours d'une nuit aussi folle que passionnée, Violet doit-elle accepter le mariage de convenance que lui propose Matt, alors qu'il n'a jamais été question d'amour entre eux ?

Sombres noces italiennes, de Caitlin Crews - N°4314

Elle doit l'épouser. Peut-elle choisir de l'aimer ? Pour l'innocente Angelina, un mariage avec Benedetto Franceschi devrait être terrifiant. L'énigmatique homme d'affaires italien n'a-t-il pas vu disparaître ses six précédentes compagnes dans des circonstances mystérieuses et inquiétantes ? Pourtant Angelina n'a pas peur, si ce n'est des sentiments intenses que son fiancé fait naître en elle. Auprès de lui, dans son château bâti sur une île isolée, elle se découvre une autre femme, pleine de désir…

La promise piégée, de Pippa Roscoe - N°4315

Ella est aussi innocente que Roman est sombre. Et leur rencontre dans un bois dense n'est en rien le fruit du hasard… Au contraire, c'est la vengeance chevillée au cœur que Roman aborde la jeune femme pour la séduire. Comme il l'avait envisagé, quelques beaux discours et des baisers tendres suffisent à convaincre Ella qu'il est digne de confiance. Mieux encore, l'homme idéal. Piégée par l'amour, la douce sera bientôt son épouse, et il sera temps alors, pour Roman, de lui révéler sa vraie nature…

Un contrat devant l'autel, de Chantelle Shaw - N°4316

Rien ne se passe comme prévu, pour Leah. Fiancée au gentil James, la voilà soudain seule devant l'autel… et contrainte d'épouser le sulfureux Marco De Valle. Cet homme sombre, et dont la cicatrice au visage rehausse la virilité, lui inspire un désir coupable. Car, entre eux, il ne s'agira que d'une union de convenance, permettant à Leah de toucher son héritage et à Marco d'offrir une figure maternelle à son fils, Nicky. Mais, à mesure que les époux se rapprochent, la tentation devient forte de donner à leur mariage une tournure sensuelle…

Cette nuit avec un prince, de Lynne Graham - N°4317

Un dernier péché avant de subir la pénitence d'un mariage… Contraint de prendre femme pour donner à son peuple l'héritier qu'il attend, Rafiq al-Rahman, prince du Zenara, décide de s'offrir quelques heures de liberté dans les bras d'une inconnue. L'innocente Izzy, femme de chambre dans le palace où il séjourne en Angleterre, est exactement celle qu'il recherche ! Non seulement elle ignore tout de son statut royal, mais ses manières naïves et la douceur de son regard représentent un défi supplémentaire pour lui. Et surtout, la promesse d'une nuit inoubliable…

La passion de Gia, de Jennifer Faye - N°4318

SÉRIE : *L'HÉRITAGE DES BARTOLINI* - 2/3

Elle n'est pas une Bartolini. Face à cette révélation qui fait éclater tous ses repères, Gia est aussi bouleversée que déterminée à retrouver son père biologique. Partie à la recherche de ses origines, elle arrive sur la petite île italienne de Lapri. Et, plus précisément, sur le pas d'une maison abandonnée dont le nouveau propriétaire l'accueille avec froideur. Riccardo Moretti est en effet persuadé que Gia est une intrigante, jusqu'à ce qu'elle lui raconte son histoire. Bientôt pourtant, tandis que la passion flambe entre eux, une question vient tarauder Gia. Se pourrait-il qu'en renouant avec son passé elle ait trouvé l'homme qui partagera son avenir ?

Liée à un Xenakis, de Maya Blake - N°4319

SÉRIE : *AUDACIEUX MILLIARDAIRES* - 2/2

Il y a deux mois, je me rendais chez Neo Xenakis pour m'excuser de l'erreur terrible que j'avais faite, et qui lui était préjudiciable. Seulement voilà, la passion a brusquement pris le dessus et, d'un regard intense à un baiser brûlant, je me suis retrouvée dans le lit du puissant Grec. Que dois-je faire aujourd'hui ? Avouer à Neo que j'attends un enfant de lui ? Parce qu'il est persuadé de ne pouvoir engendrer d'héritier, me croira-t-il quand je lui révélerai que notre unique nuit d'amour nous a liés à jamais ?

La révélation d'une maîtresse, de Dani Collins - N°4320

SÉRIE : *FRÈRES RIVAUX* - 2/2

Neuf mois. Cela fait neuf mois que Javiero Rodriguez n'a pas revu Scarlett Walker. Aussi est-il stupéfait de la retrouver sur le point d'accoucher de son enfant ! Bien qu'il n'ait jamais envisagé de fonder une famille, il décide aussitôt d'assumer ses responsabilités en épousant Scarlett. Après l'enfance désastreuse qu'il a vécue, il veut offrir à son fils un foyer stable. Reste à convaincre Scarlett qu'une union de convenance est la seule option possible pour eux, malgré la passion qui les unit autant qu'elle les oppose…

La conquête d'une princesse, de Rebecca Winters - N°4321

SÉRIE : *PRINCESSES ET MARIÉES* - 1/3

En tant que princesse, Lanza connaît son devoir. Bientôt elle épousera Stefano, le prince d'Umbriano, qu'elle n'a jamais rencontré. Cette union de pure convenance, décidée par leurs familles respectives, permettra une alliance entre leurs deux royaumes ; c'est une promesse de paix, et elle compte bien l'honorer ! Seulement, sa rencontre avec son futur époux la bouleverse. Stefano fait aussitôt battre son cœur, si bien que Lanza se prend à rêver que leur mariage puisse faire éclore de tendres sentiments…

Une héritière à dompter, de Sharon Kendrick - N°4322

Plus jeune, Loukas Sarantos n'était qu'un simple garde du corps. Désormais, il est l'un des hommes les plus riches de la planète et peut s'offrir tout ce qui lui plaît. Alors, si son choix d'investissement s'est porté sur Lulu, une entreprise de bijoux aux ventes déclinantes, il ne s'agit pas d'un hasard. Non, s'il a racheté la firme, c'est pour avoir du pouvoir sur son égérie, Jessica Cartwright. Jessica, celle qui lui a brisé le cœur des années plus tôt, en refusant sa demande en mariage sous prétexte qu'il n'était pas assez riche pour la satisfaire. Mais aujourd'hui l'heure de la vengeance a sonné : Loukas tient le destin de Jessica entre ses mains…